QUAND ARRIVENT LES CHEVAUX

DU MÊME AUTEUR

L'homme qui ment, Fayard, 2015.

Marc
Lavoine

Quand arrivent les chevaux

fayard

Marc Lavoine

Quand arrivent les chevaux

Le roman d'une jument.
Récit basé sur une histoire vraie.

Fayard

Couverture : Le Petit Atelier. © Collection particulière.

Pages 216-217 : extrait de l'interview de Jean Rochefort
issue de l'émission « 30 millions d'amis :
Les plus belles conquêtes de Jean Rochefort »
du 20/11/1976.
© Institut National de l'Audiovisuel,
avec l'aimable autorisation des ayants droit
de Jean Rochefort.
Réalisatrice : Fabienne Strouve Beckers (droits réservés).

ISBN : 978-2-213-70151-6
Dépôt légal : janvier 2025.

« Je n'ai jamais imaginé qu'on pût être à ce point hanté par une voix, par un cou, par des épaules, par des mains. Ce que je veux dire, c'est qu'elle avait des yeux où il faisait si bon vivre que je n'ai jamais su où aller depuis. »

Romain Gary, *La Promesse de l'aube*.

Préambule

Petit a

Avant de vous plonger dans la lecture du roman qui rend hommage à la femme merveilleuse que fut ma mère, que je remercie de l'héritage considérable qu'elle m'a laissé et que je ne cesse de découvrir tous les jours de ma vie, je voulais vous dire pourquoi j'ai écrit ce livre.

Je me sens responsable de sa mort.

Par manque de courage, je n'ai pas voulu la changer de clinique pour la remettre aux mains du docteur Francis Djian, qui lui avait déjà fait rebattre le cœur par deux fois. Et un peu plus pour être exact…

Vous voyez…

Je n'ai pas eu le cran. Je n'ai pas voulu faire le chieur, le malin. Je le regrette.

En écho je me souviens de m'entendre dire à voix haute, regardant loin devant vers le musée d'Orsay, les yeux incertains, flottant comme dans un halo, le front sur la vitre, les tempes sourdes d'une migraine étouffante, pensant que ces mots n'exprimaient sûrement qu'une inquiétude naturelle, rien de prémonitoire, et pourtant avec la certitude de faire une erreur, celle de ne pas me croire, de ne pas m'écouter, de ne pas me foutre de leurs susceptibles petites réactions de voisins du dessous, les emmerdeurs qu'on aime quand même mais qui nous courent sur le haricot et qui sentent vieux, la cave humide, je me souviens de m'entendre dire : « Si je ne sors pas ma mère de là elle va mourir. Je le sens. »

Je n'ai pas osé les blesser et ils s'en sont sortis indemnes.

J'ai lâché le volant pour faire plaisir, je les ai laissés conduire, eux qui ne voyaient plus la route...

Ma mère avait la place du mort.

Quel con.

Je ne me suis pas cru. J'ai eu peur de suivre mon intuition. Je n'ai pas voulu déranger. Je me suis convaincu que mon instinct était une erreur d'anxieux.

Je ne l'ai pas sortie de là.

À la clinique d'Antony, j'ai fait une photo de ma mère avant de partir pour écrire des chansons. J'ai regardé la photo sur l'écran de mon téléphone. Insupportable. Elle m'a glacé d'un frisson mortel.

J'ai dit : « Maman, fais-moi un sourire, Maman. »

Maman a souri. Ce fut la dernière photo. Son dernier sourire.

Trois jours plus tard est venu le temps du dernier soupir.

Trois jours, un, deux, trois, trois petits jours et puis sans toi, une dernière valse que Maman dansait si joliment avec son 57 de tour de taille qui tournait en souriant comme une princesse d'origine basque dans la prairie d'une robe à fleurs près du kiosque à musique.

Les musiciens ont remballé leurs valses dans des étuis semblables ce jour-là à des cercueils de toutes tailles, violon, alto, violoncelle, et cætera.

Un, deux, trois.

Un, deux, trois.

Et puis zéro.

Les oiseaux sont allés battre des ailes et siffler dans un autre jardin.

Les papillons, les chats, les écureuils, même les tortues et les chiens ont fichu le camp.

On ferme.

C'était la dernière, les amis.

Maman est morte.

Et je m'en vais, clopin-clopant.

Petit b

J'avais déjà abandonné ma mère quand j'ai quitté la maison de banlieue.

Je n'étais plus scolaire.

Mais ma mère croyait en moi.

Je la voyais couchée comme une feuille sur un lit d'automne. Elle attendait. Le matin elle faisait sa toilette avec le gant rose, sous les bras, sous les seins blancs et seuls, sur le ventre blessé de cicatrices, puis sur le sexe échevelé. Elle douchait ses jambes à l'eau fraîche et séchait son corps frileux et pâle d'abandon, ses cheveux au sèche-cheveux, puis les vaporisait sans même se protéger les yeux qui ne voyaient que le visage d'une femme qui ne se ressemblait plus, sauf quand elle me regardait et me demandait : « Mon chat tu peux agrafer ma robe dans mon cou ? En faisant attention à mon grain de beauté ! »

Je lui faisais un bisou frisson dans sa nuque qui avait enduré et je lui disais : « Tu es belle, Michou, tu devrais laisser ces messieurs qui te font la cour aller un peu plus loin que la cour, invite-les donc côté jardin. »

« Je n'aime qu'un homme, c'est un salaud mais c'est comme ça, je n'y peux rien, c'est lui depuis le premier jour, le jour de mes quatorze ans et demi à l'école. Je l'aime et lui il me tue. Mais si, il me tue ce comédien de communiste poète de la CGT Paris-Vaugirard des PTT, avec sa gueule de petite pute ! Je le tuerai après ma mort. »

Maman attendait tous les soirs quelqu'un qui n'est jamais venu.

Ma mère était une feuille morte.

Et je l'abandonnais. Je voulais être celui qui lui sauve la vie, elle m'avait donné la mienne, je voulais lui redonner du souffle, du goût, des couleurs, je n'ai pas réussi.

À la clinique d'Antony je l'ai vue couchée comme chaque soir avant la prochaine mais c'était sa dernière. L'artiste est morte sur scène.

J'ai perdu ma mère, ma pureté, ma croyance, mon centre du monde, je ne me suis jamais pardonné.

Depuis je suis à côté de la plaque, je n'ai jamais retrouvé mon chemin ni le sens du mouvement.

J'ai essayé d'aimer, mais aimer c'est autre chose. Ma Michou, ma mère, Maman, Micheline.

Michelle. Elle, je l'aimais comme je n'ai jamais plus aimé depuis.

J'ai peur de la mort mais depuis la sienne je n'ai cessé de la provoquer en duel. J'ai joué avec le feu de la mort tant je ne supporte plus la vie sans elle. Je hais les dernières, les adieux, les pots de fin de tournage et cætera.

Que Michou repose en paix, le chagrin c'est pour moi. J'aime ce chagrin-là, revers du grand bonheur de l'avoir eue.

Maman est mal morte.

Peut-être est-ce ma faute.

Mais aujourd'hui elle me demande de ne plus

porter ce poids lourd et d'arrêter de me détruire, et de vivre totalement la vie que j'ai à vivre.

Maman m'a demandé, une nuit que je rêvais d'elle, de raconter la vie poétique qu'elle a eue en silence, et de lui réécrire une mort à la hauteur de l'amour inconditionnel qui fut le nôtre.

Alors voilà, Maman, ce roman c'est toi.

Et ce qu'il me reste de nous.

Là-bas où se trouve l'avant paradis, dans la prairie de l'avant bout du monde, quand arrivent les chevaux.

Je t'aime.

Marc

Quand arrivent les chevaux, roman.

1

Boîte crânienne (c'est le nom de mon atelier).

Au téléphone avec Cécile, mon éditrice.

Cécile
Tu dors tout le temps.

Moi
Non, je travaille, je rêve, j'écris. Bon, je bois un café et je file.

Je descends de ma boîte crânienne, j'ai oublié de me raser la moitié du menton, la lumière me brûle les yeux. Je ne sais plus où je suis garé, mal sûrement, il pleut, j'ai froid, je tousse, je crache, je râle, je démarre, j'écoute RTL, la voix de Jacques Pradel me raconte l'histoire violente de Violette Nozière… Enfin un peu de calme… La voix de Pradel m'aide à passer ce temps insurmontable qui frappe mon front comme des gouttes de torture pour me rendre fou, me faire craquer, demander, supplier pour que ça s'arrête. Le temps qui me tue peu à peu, le temps qui me roule dessus comme un train, le temps qui me manque comme de l'air, il me noie, il m'étouffe, il m'étrangle, il m'écartèle, me garrotte, il m'aspire, il se fout de ma gueule.

Je roule vers l'hôpital, j'ai peur du blanc, peur du vide, peur des silences, peur des heures, peur du goutte-à-goutte, peur d'après, peur de la mort.

Merde, j'ai brûlé un rouge.

Moi

Monsieur l'agent… Pardon, *mea culpa*… Je vais voir ma mère, chambre 36. Faites vite, il y a peu d'espoir. J'étais ailleurs.

L'agent

Un rouge, mon vieux, vous êtes trop sur Jacques Pradel et pas assez sur la route. Votre écharpe est coincée dans votre portière, vous êtes au volant mon grand, y a des écoles dans le quartier, des mouflets, des nounous, des gens qui circulent, des livreurs, des coursiers, des vélos, des scooters, des vieux, c'est la ville, Paris, je dois vous faire la liste ou ça y est, la diapositive s'est mise en place ? Faut se réveiller, là, remettre ses yeux de la nuit en face des trous de la journée, on n'est pas tout seul.

Moi
Oui, vous avez raison, j'ai tort.

L'agent
Vous êtes de Wissous, vous. Moi aussi, Fribouli. Bon, elle est en règle, la voiture ? Elle est pas volée ? Vous avez les papiers vous êtes sûr ? Mouais. J'ai lu votre livre. C'est bon. Bon livre.

Moi
Ah, merci monsieur l'agent. S'il vous plaît, dites-moi : « C'est bon pour cette fois » ! J'ai tous mes points. Je vais faire attention. S'il vous plaît, monsieur l'agent.

L'agent
N'en rajoutez pas, je suis pas dans un bon jour. Lisbonne a pris une branlée contre Porto et j'avais plus de camembert pour mon petit déjeuner. J'adore ça dans le café.

Je tapote sur mon volant nerveusement.

L'agent
Tu me reconnais pas ?

Moi
Non ?

L'agent
Si !

Moi
Non ?

L'agent
Cimao ! Quand je suis arrivé en France j'ai passé un an chez vous, j'oublierai jamais. Cimao : j'étais gros, on vivait dans un bidonville avec mes parents, mes frères et sœurs, on était huit dans quinze mètres carrés. Ta mère avait parlé avec ma mère et ça m'a vachement aidé. C'est une sainte, ta Maman. Tu me reconnais ou pas ? Tu vas me vexer. Bon. On avait huit ans. J'avais pas de moustache et j'ai beaucoup maigri.

Moi
Antonio Cimao !

L'agent
Voilà, ça te revient. Bon, fous-moi l'camp, fumier !

Moi
Note mon numéro.

L'agent
T'as pas changé, gringo.

Moi
De numéro ?

L'agent
Non, toi. Putain tu fais exprès, t'as pris de la drogue ou quoi, t'es sous stup's ? Si t'es déchiré, je te fous au frigo, gringo. Je note ton fil. Allez, file. Et bouge ton fondement, tu vas réussir à faire un emboute.

Moi
06 14 15 16 17.

L'agent
Tu l'as acheté, ou quoi, ton numéro ? Fous-moi l'camp. Je t'appelle pour prendre des nouvelles de ta mère. J'irai la voir.

Moi
Merci.

L'agent
Salut la France ! Et ne me refais plus le coup du feu rouge, la prochaine fois je te colle une olive.

Moi
Il n'y aura pas de prochaine fois. Ciao, Tonio.

L'AGENT
Arrête de m'appeler Tonio, tu vas m'fâcher, Marcelino de chez la faucille et l'marteau, casse-toi Jacques Duclos. Ciao, gringo.

Je vois Antonio me faire signe dans le rétro. Je repense à ces années-là, je les avais effacées comme un imbécile, et elles me revenaient pour me rattraper par la manche. Je revoyais ma mère jeune, et Schweppes, mon père adoptif, le docteur Schweitzer qu'elle appelait Schweppes pour le faire râler gentiment. Je revoyais la maison, vendue désormais, la prairie, la rivière, les chevaux de Maman. Je pouvais sentir les parfums du jardin, l'odeur de mes rêves au matin et celle du chocolat et des tartines grillées qu'elle préparait, les chants volatils des oiseaux quand la matinée se lève, le chemin de l'école et Cimao que les imbéciles traitaient de portos, nos camarades, l'Algérienne Ouria, l'Antillais Jean-Louis Charlery qui touchait sa bille au foot, Manuel Ribero et son frère Casimir, portugais eux aussi, Gros Luc et Chatel le boutonneux qu'on surnommait Chatte rouge à cause de son acné cachée par ses longs cheveux blonds, l'Italien Mazzarino qu'on appelait Mazzarinez à cause de son blase à la Cyrano, Marie Chicharo dont j'étais amoureux, merde, le cordonnier cul-de-jatte, la mère casse-bite, M. Bagot et ses lunettes, à qui on volait des chewing-gums

Gagnant et qui faisait semblant de ne pas voir, les vaches sortant de la ferme et les odeurs de bouse sur les pavés des rues, l'odeur des champs de betteraves après la pluie, merde, il faut que j'arrête de faire des listes, le temps me revenait, je l'avais perdu mais lui m'avait retrouvé.

J'arrive, Maman. Cette phrase résonne, « il n'y aura plus de prochaine fois », c'est dégueulasse, je déteste l'impossible, il n'y aura plus de prochaine fois, c'est inhumain, je hais les adultes, les erreurs médicales, les anesthésies, les chuchotements, les diagnostics à la con, les « on a fait tout ce qu'on pouvait ».

Il n'y aura plus de prochaine fois, mais elle n'a pas terminé mon écharpe en crochet, elle n'a pas terminé ses mots croisés, elle n'a pas terminé son yaourt, elle n'a pas terminé et moi je ne lui ai pas dit ce que je ne sais pas lui dire.

Je gare ma voiture automatiquement. Je connais le chemin, l'ascenseur, le couloir, les infirmières, les sourires. Je n'entends plus rien que les pas de mon cœur ouvert en deux qui marche vers la porte 36.

2

Chambre 36.

MAMAN
Bonjour, mon fils.

MOI
Bonjour, m'man.

MAMAN
Appelle-moi Majuman, s'il te plaît. Fais-moi plaisir.

MOI
J'y arrive pas, Maman. Peut-être un jour ! Ça va, Maman ?

MAMAN
Comme une vieille qui va crever.

MOI
Maman !

Maman
Assieds-toi, mon chat.

Et Maman me raconte une histoire à mourir debout.

Ou à vivre allongé, c'est selon.

Les drogues coulent goutte à goutte dans son bras pâle et couvert de bleus par les piqûres trop nombreuses pour sa peau devenue si fine. Ça me fout des frissons dans le ventre.

Maman
Tu vas pas tourner de l'œil, mon p'tit rat. Tu sais que tu es resté presque dix mois dans mon ventre avant de venir dans ce monde de fous ? Tu étais très bien là-dedans. Pas con, le frelon. Tu es resté depuis un excellent nageur. En eaux tempérées, bien entendu. Les petits chats comme toi n'aiment pas l'eau froide des Glénans.

Moi
Maman, j'ai cinquante balais.

Maman
Quoi ? J'ai dit petit chat, ça va, j'ai pas dit poule mouillée. Qu'est-ce que tu peux être susceptible. Comme Schweppes ton père, ton beau-père, ton très beau-père, l'éminent docteur Schweitzer, aussi beau qu'intelligent. Mais con aussi, et susceptible comme une autruche. Tu sais que quand

je lui ai donné le surnom de Schweppes, il l'a mal pris, ce vieux bouc. Et puis il s'y est fait, par amour, et pour notre passion commune pour les chevaux sauvages. Surtout, c'est lui qui nous a sauvés tous les deux, le jour où tu t'es décidé à sortir de là (elle montrait son ventre). C'est pas la meilleure chose que tu aies faite, mais quand faut y aller, faut y aller. Tu m'as offert ce qu'il y a de plus beau. Appelle-moi Majuman.

Moi
Maman, je peux pas.

Maman
Tu es têtu comme un âne, mon fils, une mule. Viens plus près que je te raconte notre vie, la vraie, celle que tu n'as jamais vue. C'est pas ta faute, tu étais jeune et puis les garçons sont plus lents. Elle est plus belle que tu ne le crois, mon chat. Je commence n'importe où, je déteste l'ordre et la notion du temps, de la chronologie. C'est de la connerie, tout ça. Moi, je suis cubiste, surréaliste, alors je raconte dans le désordre et tu feras le montage du film comme tu voudras. Marché conclu ?

Moi
Oui, Maman.

Maman
Ce jour-là…

3

Café de la Croix-Rouge.

CÉCILE
Ça va ? Tu as l'air préoccupé.

MOI
Quoi ?

CÉCILE
Je dis que tu as l'air ailleurs.

MOI
Ma mère est à l'hôpital.

CÉCILE
Et… ?

MOI
Et je crois qu'elle est…

Cécile
Si tu veux pas en parler, je comprends. (Au garçon.) Un poulet salade.

Moi
Elle perd la boule.

Cécile
Tu crois ? Tu veux quoi ?

Moi
Ma mère débloque. Elle devient folle. Elle dit n'importe quoi. Un poulet aussi.

Cécile
Elle te reconnaît ?

Moi
Oui. Avec salade, pareil.

Cécile
Bon.

Moi
Je sais pas trop quoi faire.

Cécile
Tu écris un peu ? Tu veux plate ou pétillante ?

Moi
Non. Elle me prend mon énergie. Elle veut me raconter des histoires. Une heure par jour, parfois plus. Plate.

Cécile
Pourquoi tu n'irais pas dormir à côté d'elle un temps ? Deux poulets salade, une eau plate, une pétillante.

Moi
J'aime pas l'odeur de l'hosto, ça me fout la migraine. (Au garçon.) Je peux avoir un café, le plus petit possible, si possible. Qu'est-ce que je disais ?

Cécile
Les odeurs de l'hôpital te filent la migraine, pauvre petit chat.

Moi
Quoi, qu'est-ce que tu as dit ? Comment tu m'as appelé, là ?

Cécile
T'énerve pas. Tu deviens susceptible, tu sais. On dirait un petit coq.

Moi
Pourquoi tu me parles comme ça ? Excuse-moi, faut que je file.

Cécile
C'est quoi ton signe, déjà ?

Moi
Lion, pourquoi ?

Cécile
Pour rien. Je pensais Capricorne.

Moi
Cé…

Cécile
Oui ?

Moi
Non, rien. Salut.

Cécile
Tu déjeunes pas ?

Moi
Non, je vais voir ma mère.

Cécile
Enregistre-la.

Moi
Je t'appelle.

Cécile
Je suis là.

Moi
Merci.

Cécile
Non, j'attends ton livre.

Moi
Désolé.

Cécile
File voir ta mère.

Moi
Je t'invite.

Cécile
Non, tire-toi.

Moi
OK, oui, je m'tire. (Un temps.) Fais attention, d'accord. (Au garçon.) Vous annulez un poulet salade et l'eau plate…

Je suis sorti, laissant mon éditrice à son poulet salade. Par la vitre du restaurant, je l'ai regardée, surpris. Elle me parlait avec les mots de ma mère qui a l'habitude depuis toujours de m'appeler par des noms d'animaux selon mon humeur ou le sentiment qui me traverse. Elle me fit signe de prendre des notes. J'ai pas réagi.

Je suis allé à pied sur les quais, les yeux dans l'eau grise, je pensais à ma mère. Une voix résonnait toujours dans ma tête.

« Il n'y aura plus de prochaine fois. »

Je connaissais cette voix sans pouvoir vraiment l'identifier. Ce n'était pas la mienne, mais elle m'était familière. Je me suis dit que j'allais faire un *burn out*, que j'étais bon pour le Prozac. La voix m'a dit : « T'as qu'à t'en foutre. » J'ai crié dans le vide comme un lion viré par la famille et j'ai fait sursauter une jeune femme et sa petite fille, ou sa petite sœur peut-être.

La jeune femme

Ça va, monsieur, vous avez un problème, je peux vous aider ?

La petite fille

Qu'est-ce qu'il a le monsieur, Maman ? Pourquoi il crie comme ça ? Et pourquoi il pleure ? Et pourquoi il a du caca d'oiseau dans les cheveux et sur la veste ?

La jeune femme

Tenez, monsieur, essuyez-vous. Gardez le mouchoir. Vu l'ampleur des dégâts, c'est une mouette qui vous a déféqué dessus. Elle vous a pas loupé.

Moi
Vous connaissez bien les oiseaux.

La jeune femme
Oui, c'est mon métier, les animaux. C'est mon travail, surtout les espèces menacées.

Moi
Ah.

La petite fille
Bon, je suis là et j'ai danse. Et il a trop des vibes de chat noir. Quand les oiseaux font caca sur les personnes, c'est qu'elles envoient des ondes de caca.

La jeune femme
Tenez, prenez ma carte si vous voulez que l'on parle oiseaux ou animal de tout crin. D'ailleurs, je pars en Mongolie pour observer les chevaux sauvages. Je dois faire le grand tour, là où il reste encore des chevaux libres, comme on dit. Parce que sauvages, c'est fini. Un jour peut-être ils reviendront, je garde espoir.

Moi
OK, merci. Et toi, tu t'appelles comment ?

La petite fille
T'es curieux comme un singe, toi. Je te dirai pas, tu pues l'caca.

4

Chambre 36.

MAMAN

Il faut que je te fasse une confidence, mon petit chat. Je suis pas tout à fait celle que tu crois. Tu gardes ça pour toi, n'est-ce pas ? En réalité, je suis une enfant. Bien sûr, je ressemble à une vieille bique, mais c'est une illusion. En fait, je suis une jument, et juste avant, j'étais une petite fille. Enfin, peu importe, le résultat est le même, j'ai jamais voulu être adulte. Pour quoi faire ? Ils sont tellement pas drôles, je déteste. Jamais. J'aurais préféré me dégommer que de devenir ça.

Silence.

MAMAN

Bon, d'accord, je mens. J'ai douze ans, j'ai toujours triché sur mon âge. J'ai décidé de m'arrêter de grandir à douze, je ne voulais pas du monde qui m'attendait comme un enfer de certitudes. Je le voulais tellement qu'un soir ça s'est produit. Je me souviens bien de cette nuit-là. Une étoile est tombée dans mon jardin, mes parents dormaient, moi pas. Je suis allée voir mon étoile, c'est pas si souvent qu'elles viennent se poser. J'ai passé la moitié de la nuit avec elle et j'ai posé ma tête contre elle. J'ai écouté les battements de son cœur et lui ai dit mon vœu le plus cher. J'ai prononcé la phrase céleste : « Étoile, ma petite étoile, chérie mon étoile, ma bonne étoile, je veux rester une enfant pour toujours, je veux vivre dans le mot amour parce que le temps de vivre est trop court, alors je t'appelle au secours, fais de moi une enfant avant que revienne le jour. » J'ai prononcé la formule que j'avais sous la main : « Tabliers bleus petit tambour, je ne marche pas… je cours. » Mon étoile s'est mise à trembler et puis doucement est partie reprendre sa place, quelque part dans sa Voie lactée. J'étais une enfant pour toujours. T'as une mine épouvantable. On dirait une hyène qui vient de se faire défoncer par un groupe de phacochères. Bon, allez, zou. Je suis fatiguée, mon chat, et toi aussi tu as l'air ravagé. Tu reviens demain ?

Moi
Oui, Maman.

Maman
Je te raconterai la suite, d'accord ? Il me fait

mal, ce goutte-à-goutte. Mais je n'ai plus bien longtemps à souffrir. Je partirai bientôt galoper avec mes semblables, en terre sauvage. En liberté, Marcel !

Moi
Maman ?

Maman
Mon poussin, ne sois pas désolé. Il y a une vie après le chagrin, tu sais.

Moi
Je t'aime, Maman.

Maman s'est endormie. Je l'ai regardée, j'ai attendu d'être sûr qu'elle respirait toujours et je suis parti. Je roulais en boucle. Je me disais qu'elle était cinglée mais que, si ça pouvait lui faire plaisir, je ferais semblant de croire à ses histoires à mourir debout.

5

Cuisine, appartement, Paris, France.

Moi

Allô. Oui, d'accord. Très bien. On fait l'entretien et les photos chez Kamel, dans sa galerie. Je veux dire : rue Saint-André-des-Arts. Il est au courant, on fera des photos avec lui devant les œuvres... Non, pas de *making off*, je déteste ça. On montre trop, non, non, tu annules l'équipe vidéo. On ne fait que l'interview et des photos, pas de vidéo. Je me fous de ton problème, tu ne m'avais pas dit que c'était filmé, je t'aurais dit non. On montre trop, tout, on empêche de rêver. Bah, ça me fait chier. Voilà. OK. Et je dois être parti pour 16 heures max. Quoi, pourquoi ? Je dois aller voir ma mère. Si, c'est très sérieux. Je suis calme. OK, 10 h 30 à la galerie.

Je suis arrivé et Kamel était déjà sur le feu. Anish Kapoor installait des pièces sublimes et envoûtantes. Camille Henrot fixait sa vidéo dans le sous-sol. C'était merveilleux, je n'osais pas respirer. Pour Kamel, c'était naturel.

KAMEL
Installe-toi. Prends un café, kiffe, détends-toi. Je règle un détail avec Claude Lévêque pour l'accrochage de ses néons et je suis à toi dans vingt-cinq minutes max. Comment va ta mère ?

MOI
Ça va. Et toi, ta Maman ?

KAMEL
Bien. Détends-toi, j'arrive.

MOI
Merci Kamel.

KAMEL
On kiffe. T'es chez toi ici, t'es mon frère.

Sylvia, la maquilleuse, et Popule, la coiffeuse, ont commencé à me refaire une tronche pour l'interview et les photos. Bouclette est venue en renfort pour le *make-up* de Kamel. On a commencé avec la journaliste des pages culture, une fille bien. Marie, mon attachée de presse, était relax au téléphone avec d'autres rédacteurs, pour des couvertures presse, radio, télé, et une signature à la Griffe Noire. Puis elle se tourne vers moi.

Marie

Marcel… Busnel a aimé, il vous reçoit la semaine prochaine avec une jeune romancière, premier livre très bon, il y aura aussi VD pour sa trilogie qu'ils adaptent au cinéma et Onfray sur l'université populaire. Ils demandent si vous voulez dire un mot sur chacun d'entre eux. J'ai dit oui. Et ils vous donnent carte blanche pour un sujet qui vous tient à cœur. J'ai proposé la question noire en France, comme vous m'aviez parlé d'Aimé Césaire. Ou Giacometti, ses influences étrusques, égyptiennes, Rodin. Vous avez le choix. Delahousse est parfait, il fera votre interview au siège du PC. Ils sont très contents de vous recevoir, ils vous préparent un très beau sujet. Maintenant, il me faut du chocolat, je vais tomber. J'allais oublier : on a calé une heure ou deux au studio de Raphael, rue de Seine, pour enregistrer la voix que vous devez poser sur le film *Heroes for imagine*, la fondation de Kamel. Et vous avez un dîner avec Hervé Vilard.

Moi

Marie, regardez dans ma besace, je vous ai pris des truffes à la Maison du Chocolat.

Marie

Vous êtes un ange, Marcel.

Moi

Votre nouvelle coiffure est très bien, Marie. Comment va votre genou ?

Marie

Mieux, merci ! Vous en êtes où de votre prochain livre ? Prenez votre temps, Marcel. Faites le livre que vous avez dans le ventre.

Moi

Je pensais faire un livre à deux, avec Franck « mystère » Maubert.

Marie

Mister mystère Maubert ! Bonne idée. Le sujet, c'est quoi ?

Moi

Les poètes et la résistance. Le titre serait une phrase de Neruda : « Le printemps est inexorable. » On tisse la trame solidaire des artistes, de pays à pays, peintres, écrivains, sculpteurs, etc., en respectant la parité hommes-femmes, les origines, confessions, etc. Le printemps est inexorable, poursuit l'idée d'Aragon. La femme est l'avenir de l'homme. La question c'est : « L'avenir, c'est pour quand ? »

Marie

Elles sont à tomber, vos truffes, Marcel. Allô ? Oui, oui. Oui, oui, oui. (La main sur le téléphone, elle chuchote.) C'est *Libération*. (Elle reprend.)

Pour la photo et l'entretien, Marcel voulait les faire chez Lino. Au fond, devant le néon. Marcel adore les néons. Le restaurant est beau. Le patron est au courant, c'est un ami de Marcel. Vous voyez avec lui directement, oui oui. Lino, voilà.

Elle raccroche.

Marie
Les gens vous aiment bien, Marcel, c'est marrant. On dirait qu'ils vous connaissent depuis longtemps. Ils sont heureux de vous revoir. Vous voyez ce que j'veux dire, non ?

Moi
Vous êtes trop gentille avec moi, Marie. Mais je démarre aujourd'hui, demain, tous les jours et pour toujours, je redémarre, je pars de mon ignorance. Je remets mon titre en jeu. Je veux écrire, c'est tout, écrire ou mourir.

Marie
Non, je vous interdis. Je ne vous écoute plus, je file, file ! Je vais voir Philibert. Qui vous salue et vous a trouvé un exemplaire de René Fallet, à Lyon, dans la librairie sur le quai de Saône.

Moi
Je vais lui envoyer un texto. Quel garçon singulier… un personnage de roman.

Tout était bien. Je n'avais rien à faire que de parler des autres pour parler de moi, et j'étais là. Le roman marchait, j'étais classé parmi les auteurs que j'aime, accepté sans que je ressente la moindre pointe de mon vieux copain, le complexe du banlieusard. Tout allait bien mais j'étais en lypémanie complète, profonde, plongé en eaux troubles et salées de larmes, la déprime et le ciel bleu en prime.

Heureusement qu'il me restait le chagrin. Sinon, je me serais échoué comme une méduse sur la plage. J'aimais la vie, mais je respirais comme un opiomane tuberculeux. Je sentais mon cœur ne battre que par habitude.

Je ne pensais qu'à la chambre 36.

À celle qui m'attendait, goutte à goutte, pour me raconter son histoire.

Elle perdait la tête et je perdais pied.

Je ne savais plus où se trouvait la réalité mais je n'avais pas peur.

Je me sentais comme une main dans laquelle on plante une fourchette et qui ne sent plus rien. Je devenais rien peu à peu, de plus en plus rien.

Je disparaissais au fil des jours qui séparaient Maman de sa mort.

Patrick Swirc, le photographe, a shooté aussi vite qu'il parle. On s'est embrassés aussi vite qu'il a shooté, puis il est parti sur sa Triumph aussi vite qu'il était venu.

J'ai filé à l'hôpital.

6

Chambre 36.

MAMAN
Où en étais-je ?

MOI
Tu me parlais de galoper avec tes semblables.

MAMAN
Peu importe. Je t'ai dit que j'avais douze ans ?

MOI
Oui.

MAMAN
Bon, très bien. Après la mort de ton père, Schweppes nous installa dans sa maison et t'adopta. Je savais qu'il avait de l'amour pour nous, nous avons vécu de belles années ensemble. Il y avait des arbres, des fleurs, des chevaux dans la prairie. Tu te souviens ?

Silence.

Maman

Une petite rivière coulait des jours heureux et j'avais une barque bleue. Elle était si pratique, je n'avais rien à faire, elle naviguait seule, épousait les courants légers et me conduisait toujours au même endroit. Vers une petite plage. Un arbre se penchait et me tendait sa branche pour m'aider à débarquer, et je me perdais sans jamais avoir peur dans la forêt. J'ai toujours eu une relation très forte avec les arbres. Ils sont fidèles, discrets, curieux, sages et ils adorent la conversation, sans être pourtant bavards. Ils savent écouter comme les fleurs, les heures et les animaux, ils parlent pour qui sait les écouter, ce qui est notre cas, nous, les enfants. Les adultes, eux, délaissent cette faculté d'entendre les chuchotements de la nature. Ils ne savent pas ce qu'ils perdent. Ils ne voient plus ce qui leur crève les yeux. Ils ont renoncé, les lâches, les crétins, ils veulent avoir la plus grosse, surtout, les… Oui, tu as raison, on ne construit rien sur du ressentiment, je sais, c'est moi qui t'ai élevé. Les adultes sont des enfants qui n'ont pas réussi, ça, je peux le dire, on va pas me brûler sur les chaînes d'infos ni me tondre. Qu'ils touchent à ma crinière, je rue… Oui, pardon, je m'emporte ! Mais ! Ils abandonnent l'enfance comme ils le font avec leurs chiens sur le bord de la nationale. Ils oublient sans pincements au cœur. Ils oublient pour gagner de l'argent. Ils oublient tout, ne se souviennent que d'eux-mêmes. Des sots. Moi, je n'ai jamais pu. Je n'avais pas le choix, j'étais une enfant, voilà tout. Comme Schweppes, comme toi. Ne fais pas cette tête-là, chéri. J'ai vécu comme je l'ai voulu. Et j'ai adoré la jument blanche que Schweppes m'a offerte un 6 janvier, mon anniversaire. Je l'avais baptisée Majuman. Elle me comprenait et nous parlions tellement que les arbres parfois en devenaient jaloux. Gentiment, bien sûr. Elle était belle, Majuman, brave, douce. Nous parlions par plaisir, car notre complicité était telle que nous n'avions besoin que d'un regard pour nous comprendre. Elle riait beaucoup, son sens de l'humour était fin, subtil, absurde. Elle avait du chien, ne se laissait jamais marcher sur les sabots. Tu te souviens d'elle ?

Moi
Oui, vaguement, Maman.

La vérité c'est que je n'ai plus le temps d'avoir des souvenirs.

Maman
Elle t'aimait beaucoup. Quand tu étais bébé, je te posais sur son dos et elle te promenait dans la prairie, tu avais l'air d'aimer ça. Tu t'endormais

petit à petit et moi, je vous regardais en tricotant des pulls pour Schweppes. Dans la prairie de trèfles bleus et de pâquerettes, tout chantait. Il faut dire que la nature est un orchestre merveilleux. Tu te souviens, de temps en temps, je posais ta tête sur mon cœur, la nuit tombée. Je regardais le clair de lune et tu entendais Debussy. C'est devenu ton morceau préféré. Grâce à qui ? À ta jument de mère. Tu vois, ça marche. Ça marchait, il suffisait d'y croire. Et ça peut remarcher à nouveau. C'est normal, je vais mourir alors tu pédales un peu, tu vas perdre celle qui t'a donné la vie. Mais ce qui est beau, c'est que tu naîtras de ma mort et ce sera ton tour de me porter en toi, comme je t'ai porté moi, et comme je porte Majuman. Tu vois, c'est pas triste. La peine vaut aussi la peine d'être vécue, la tristesse porte en elle ton bonheur. Vivre, c'est ça ? Debussy, ta tête entre mes mains, sur mon cœur. Tu te souviens… Embrasse-moi, mon petit rat. Je t'aime au-delà, mon ange, au-delà de moi et de tout. Tu te souviens de… Bu… ssy… ça te reviendra…

Maman venait de s'endormir. Alors j'ai remonté le drap sur sa poitrine en vérifiant qu'elle respirait encore, je l'ai regardée et puis elle a parlé, sans ouvrir les yeux.

Maman
Je suis pas encore morte.

J'ai sursauté. Elle s'est mise à rire silencieusement.

MAMAN
Je t'ai eu, mon p'tit ours. Va te lécher, à demain.

Je suis monté dans la voiture, j'ai mis la radio et, bizarrement, le *Clair de lune* de Debussy passait. Comme une coïncidence. Un hasard, sans doute. C'est drôle, les mots de Maman résonnaient dans mon esprit, sa voix douce et pâle me racontait des histoires. Une mémoire sans raison.

Maman perdait l'esprit, je n'y comprenais rien, je ne savais plus si tout ça existait vraiment.

Si les choses de la chambre 36 étaient une farce ou si je devenais dingue.

Doux dingue, comme elle aimait à dire des autistes et des trisomiques qu'elle considérait comme des gens surdoués, d'une sensibilité inexplorée.

« Les adultes s'en foutent », disait-elle.

« Ça ne rapporte rien », disait-elle.

« S'ils savaient ce que ça apporte, tout le monde irait mieux », disait-elle.

Je me suis arrêté sur une aire de repos et me suis rendu compte que j'avais roulé cinquante-trois kilomètres. J'étais à quelques minutes de la maison de Schweppes. La route m'y avait conduit sans que je le veuille.

J'ai marché jusqu'à la maison qui était inhabitée depuis peut-être dix ou quinze ans. La nature envahissait tout.

Je me suis frayé un chemin.

Je suis entré. Je me suis couché sur le sol de la chambre, au premier étage.

Celle de Maman. La lune éclairait le parquet, et je me suis endormi là.

7

Maison de Schweppes, matin.

Moi

Merde ! Qu'est-ce que je fous là ? Je suis en retard pour mon rendez-vous avec Cécile !

En levant les yeux, j'ai vu devant moi, au milieu de la pièce, un cheval. Il me regardait tranquillement, puis il s'en est allé. Je l'ai vu partir, descendre l'escalier et sauter à l'extérieur par une porte-fenêtre ouverte du salon.

Je l'ai vu courir dans la prairie et disparaître dans la forêt. Mes yeux se sont perdus pour finir leur course lente sur le ponton, là-bas, où la rivière coule des jours heureux sans nous. Je m'y suis rendu et j'ai vu notre barque bleue à moitié immergée dans l'eau claire et vive.

Je me suis rendu compte que je voyais flou.

Je pleurais.

J'étais vide, sans douleur.

Et l'eau coulait seule de mes yeux. Je débordais

sans m'en rendre compte, et je coulais sur moi-même. Je me voyais pleurer comme la rivière que je regardais.

J'ai marché le long de l'eau sur la rive, à la recherche de la plage dont Maman m'avait parlé. J'ai glissé, ma jambe droite a plongé dans l'eau. Ma chaussure a bu la tasse et mon pantalon était mouillé jusqu'au genou.

J'ai cru entendre un petit rire. J'ai vu le cheval, de dos, sauter à travers les arbres. Il se moquait de moi. Puis je me suis mis à parler à voix haute.

Moi

Non, je ne perds pas la boule, c'est Maman qui la perd, pas moi ! Mais Maman, c'est dur, il faut l'admettre, te rendre à l'évidence : c'est ça de vivre, ou plutôt de vieillir. On coule sans pouvoir remonter, on jette un regard vers la surface de l'eau, on distingue encore un peu l'air extérieur, le ciel et les rayons d'un soleil pâle qui scintille. Et puis on manque d'air, on voit tout ça foutre le camp… Fait chier !

Quatorze messages. Je ne les ai pas lus, pour les SMS, pas écoutés, pour les vocaux. J'ai composé le numéro de mon docteur.

Moi

Allo, Francis ?

Francis
Oui.

Moi
Je peux te voir ?

Francis
À l'hôpital, pour un check-up ?

Moi
Non, pour te parler.

Francis
Bien sûr. Je me libère de mon dîner de ce soir, c'est bon pour toi ?

Moi
Tu es vraiment… Non, mais je veux pas te faire…

Francis
Ne t'inquiète pas. On se voit où ? Comme d'habitude ?

Moi
Oui.

Francis
Vingt heures trente ?

Moi
Parfait. Tu es sûr ?

Francis
À ce soir. Je te laisse, j'ai une patiente qui patiente et qui s'impatiente. Une opération à cœur ouvert dans la semaine. Oui, madame Lauzier, je suis à vous.

Moi
Je suis à vous… Fais gaffe, tu as déjà failli te faire écraser par une folle… de toi !

Francis
Je crois qu'elle est un peu amoureuse…

Moi
De toi, beau chirurgien.

Francis
Oui, de moi et de mon piano.

Moi
Qu'est-ce que ton piano vient foutre là-dedans ?

Francis
J'aurais jamais dû lui jouer du piano. Il y a un piano droit, à l'hôpital.

Moi
Et tu lui as joué quoi ?

Francis
Liszt.

Moi
T'es un grand malade. Un jour, une de tes patientes te roulera dessus avec une Clio.

Francis
Allez, ciao Marcel. Vingt heures trente chez Lipp.

Moi
Tu es mon invité.

Francis
Non, c'est moi, tu m'as invité la dernière… Oui, Sandrine. Merde, je l'ai appelée Sandrine.

Moi
Pourquoi t'as fait ça ?

Francis
C'est son prénom.

8

Brasserie Lipp, 20 h 29.

J'étais assis à ma place habituelle, devant un verre de bordeaux, mon pied battait nerveusement la mesure mais s'est calmé dès que j'ai vu Francis passer la porte tambour et s'avancer vers moi d'une allure rassurante. Il souriait et portait les lunettes rondes que je lui avais offertes.

Francis
Alors ? J'ai faim. On commande et on parle ? Ça va ?

Moi
Moui.

Francis
Comme d'habitude ?

Moi
Oui.

Francis, au garçon
Des filets de thon huile d'olive citron, un hareng Bismarck, deux poulets.

Le garçon
L'aile ou la cuisse ?

Francis
Cuisse.

Moi
Cuisse.

Le garçon
Frites, haricots verts, purée, lentilles ?

Francis
Lentilles.

Moi
Lentilles.

Francis
Salade, endives ?

Moi
Oui, et une frite pour deux ?

Francis
Non.

Moi
Non alors.

Le garçon
Vin ?

Francis
Rouge.

Moi
Rouge.

Le garçon
La Lagune ?

Francis
Parfait.

Moi
Voilà.

Francis
Bon alors, comment va ta mère ?

Moi
Elle perd la tête.

Francis

Ah bon. Pourtant, lors des examens que je lui ai fait passer, rien n'indiquait un problème de ce type. Tu voudrais que je lui refasse passer un test ?

Moi

Discret, oui. Tu la connais, elle t'adore. À toi, elle dira oui.

Francis

OK. Elle est jeune, soixante-douze.

Moi

Oui, mais j'ai peur. Elle me raconte des trucs à mourir debout.

Francis

Dormir debout.

Francis, un homme comme toi n'aurait pas dû mourir.

9

Chambre 36.

MAMAN

Tu sais, mon petit chat, après la mort de ton père, quand j'étais enceinte de toi, je me suis arrêtée de parler, je suis devenue muette. D'après les médecins, choc émotionnel. J'en ai profité pour faire semblant d'être sourde. Je n'en pouvais plus de leurs mots d'adultes, et de ce réconfort auquel il faut faire semblant de croire. Ça fonctionnait bien. Sourde-muette. Je vivais en littérature, j'étais responsable d'une jolie librairie. Tous les livres que je t'ai fait porter la semaine dernière viennent de là. Quand elle a fermé faute de combattants, j'ai eu le droit de tout récupérer, j'ai fait mon choix. C'est étrange, la librairie a fermé, puis ce fut le tour du boulanger, du café Langlade, de l'hôtel du Cheval bleu... Et puis le café de Mauricette, l'école publique... Suivirent le cabinet du docteur Ruelle, et celui du gentil docteur Bayle qui me donnait à lire les beaux livres des bons auteurs. Il reste ce mauvais docteur Lévêque que je n'ai jamais pu piffer, franc comme un âne qui recule. Il aurait fait mourir un bien portant. Heureusement qu'il n'était pas vétérinaire, il m'aurait abattue comme un chien ou m'aurait piquée. Il n'avait de docteur que la plaque, il votait à droite-droite et sentait du bec. Je ne pouvais vraiment pas le sentir. Bon, j'arrête de dire du mal, ça ne me fait même pas du bien. Un jour, on a vu fermer les deux cafés de chaque côté de la rue de la Liberté, le Café de la mairie et Ici mieux qu'en face. Il ne reste plus que cinquante-sept habitants, la plupart sont partis au boulevard des Allongés. Les jeunes, eux, ont migré vers la ville où les pauvres dorment par terre et où les enfants toussent comme des fumeurs de gitanes dans une indifférence quasi indolore. Bref, il faut rester optimiste comme les pinsons que l'on dit gais ou comme les gays malgré les regards obliques. Eh bien, vois-tu mon p'tit raton, c'est dans cette jolie petite boutique de livres que j'ai rencontré Schweppes. Au début, je ne l'avais pas remarqué et puis je me suis rendu compte qu'il venait régulièrement. Il lisait tout, surtout *Madame Bovary*. Des livres scientifiques et des poètes de toutes nationalités, il lisait en langue étrangère, selon le pays de l'écrivain en question, il adorait Desnos, Prévert, Vian, Lorca, Pessoa, Neruda, Auden, Rictus. C'était un drôle de rossignol. Il était docteur. Le docteur Schweitzer, ça fait bien. Il était curieux, singulier. Parfois, il me rejoignait dans l'arrière-boutique. Il apportait son riz au lait, qu'il mangeait avec son mouchoir noué autour du cou comme une serviette. Il sentait bon l'eau de Cologne du coq. Et ce jour-là, il ne lisait rien, il me regardait en mangeant son riz au lait. Il s'est approché de moi et il m'a dit : « Je suis sûr que vous êtes une enfant. Votre illusion corporelle, à vue d'œil je dirais vingt-quatre ans, mais je vous donne… allez… douze, max. » Je lui ai écrit sur un petit papier *Pardon, je suis sourde et muette*. « Muette, peut-être, me dit-il. Je veux bien croire à votre choc émotionnel dû à la perte brutale de ce bon vieux Brutus Chagrin, que j'ai connu au lycée et qui rêvait de parcourir le monde, brosse à dents et pinceau à la main afin de découvrir l'Égypte et ses secrets anciens. Va pour la perte de votre jolie voix. Mais sourde, faut pas me la faire. Je vous ai vue sursauter quand le bus de 16 heures a freiné brusquement pour ne pas écraser le petit des Genet qui courait après son ballon à damier. Vous êtes une enfant, j'en suis sûr », m'a-t-il dit en me tendant sa cuiller de riz au lait. J'ai écrit : *Ne dites rien, monsieur Schweitzer, je risque ma place. Oui, j'ai onze ans et demi, j'ai triché sur mon âge*. Ça lui a plu. « Vous êtes enceinte de combien ? » J'ai écrit : *De vingt-quatre mois*. Il m'a fait hospitaliser sur-le-champ et s'est occupé personnellement de l'accouchement. Dans l'ambulance qui nous emportait vers l'hôpital, il tenait ma main dans la sienne. Il m'a dit que j'avais mal au ventre à cause du gaz que j'avais avalé depuis le matin. Il m'a demandé de me mettre sur le côté gauche et de laisser la nature faire son devoir. J'ai fait le pet le plus long de ma vie tandis que sans jamais lâcher ma main il fredonnait *L'Île déserte* de Brassens.

Sans ces cheveux qui volent
J'aurais dorénavant
Des difficultés folles
À voir d'où vient le vent
Tout est bon chez elle, y a rien à jeter
Dans l'île déserte, il faut tout emporter

Et tu es né. Ce fut le début d'une merveilleuse aventure, toi, Schweitzer et moi. Tu veux en savoir un peu plus, mon chat ?

Moi
Oui, Maman.

Maman
Alors voilà… j'étais vraiment muette. Le choc émotionnel était lui bien réel. Pour la surdité, Schweppes avait vu juste, il faut dire qu'elle avait été réelle les premières semaines qui ont suivi la mort de ton Papa. Ensuite, elle est partie. Mais comme je préférais de loin la sourde oreille aux absurdités torrentielles des bavardages creux et sans intérêt que m'infligeait le

reste du monde, après les épreuves des jours qui suivirent la mort de Brutus Chagrin, ton père, j'ai fait comme si, et personne avant Schweppes ne m'avait jamais démasquée. C'était le premier à l'avoir découvert. À moins que je ne me sois laissé prendre, ou que j'aie fait un acte manqué. Un mélange des deux sûrement. Il faut avouer que les mots que les gens vous adressent sont des nuées de sauterelles qui s'abattent sur vous, des tempêtes de sable, des avalanches de lieux communs, des giboulées de grêlons, des stupidités creuses comme des dents. C'est le vide abyssal, profond de la bêtise adulte. Je hais les adultes.

MOI

Maman, calme-toi. Tu n'as pas besoin de souffrir autant.

MAMAN

Oui, mon petit rat, tu as raison, pardon, je reprends. Comme je ne savais plus parler, nous avons communiqué dans des langues parallèles. J'écrivais partout des mots, des « questions », des réponses. Lui, il parlait toutes les langues dont celle des signes. On utilisait aussi le langage du corps. Et puis j'écrivais des mots dans l'espace, qui flottaient quelques instants avant de disparaître. Lui en faisant tout autant, nous discutions à bâtons rompus en esquissant à l'air libre des phrases qui scintillaient et remplissaient les pièces de la maison en dansant et tourbillonnant. C'était drôle et joyeux même pour les disputes, les couleurs de nos mots s'adaptaient pour que la dramaturgie corresponde aux sentiments qui nous opposaient. Rien de jamais bien méchant, un peu de rouge parfois, mais jamais du rouge sang. Dans l'obscurité de la nuit, nous écrivions tout bas des paroles phosphorescentes comme des lucioles, des luminosités boréales. On riait, on se touchait la main, nous valsions, on prenait notre temps sans jamais le perdre, nous dormions à la belle étoile, nous étions timides et intimidés l'un par l'autre, comme des débutants. C'était charmant, follement poétique. Il faisait des portraits de moi, il avait un très bon coup de crayon, mon Schweppes, tu pourras lui demander quand il viendra, il se souvient mieux que moi.

Moi

Schweppes est mort il y a cinq ans, Maman.

Maman

Et alors, c'est pas ça qui va l'empêcher de me rendre visite avant que je passe l'arme à gauche. Tu verras, il viendra, mon aimé. Laisse-moi, mon petit ange, je vais dormir, le goutte-à-goutte me saoule. Je t'aime mon chat, reviens me voir quand tu veux. Et si tu as Schweppes au téléphone, dis-lui que c'est pour bientôt et qu'il n'y aura plus de prochaine fois. La prairie, c'est imminent, il faudra pas rater le dernier rendez-vous, la vie sauvage est encore à notre porte. Ahhhh, je bâille, c'est terrifiant, je tiens plus le coup, sauve-toi.

Moi
À demain, Maman.

En sombrant dans le sommeil, Maman murmura en soupirant : « Appelle-moi Majuman… »

Je suis resté suspendu un instant pour vérifier qu'elle respirait bien. Je craignais ce dernier soupir, je le haïssais, je me surprenais à prier pour qu'il n'arrive pas trop vite. Mais c'est toujours trop vite.

Je suis rentré, me suis mis sous la douche, j'y suis resté quinze ou vingt minutes. La pluie pleurait sur le carrelage des parois et sur la porte vitrée qui s'embuait. Le brouillard envahissait la cabine et je disparaissais dans ce nuage.

Ensuite je me suis mis devant cette page blanche.

Mes doigts tremblaient.

J'étais un écrivain qui n'écrivait plus rien.

Mon inspiration se résumait à deux phrases :

Maman perd la tête j'ai peur qu'elle m'oublie et qu'un jour il n'y ait plus de prochaine fois.

10

Boîte crânienne. Matin.

Je reste au lit en regardant de temps à autre les minutes défiler sur mon téléphone, la télévision sans le son me sert ses infos mises en boucle. Je change de chaîne, je m'arrête sur un documentaire animalier. Mes yeux ne quittent plus l'écran, je rentre dedans pour me transporter dans l'état sauvage qui n'existe plus.

Maman est là. Je n'entends plus le bruit de la rue qui surgit de ma fenêtre ouverte, ni l'écho des sirènes de police, des klaxons. Le vrombissement de mon portable m'attire et je regarde sur l'écran s'afficher le nom de mon éditrice.

Moi

Allô ? Oui, et toi ? Je travaille, oui. On est encore sur le dernier livre, on a un peu de temps. Oui. Oui. Non. Je ne sais pas, tu sais, dormir à l'hôpital. C'est peut-être le pas que je ne veux pas franchir. Par lâcheté, sûrement. L'amour me rend lâche. Elle me parle de Schweppes comme s'il allait revenir pour l'embrasser une dernière fois. Il est mort depuis cinq ans. Ça me terrifie. Écoute, j'ai besoin de temps, laisse-moi réfléchir. Quoi ? Très drôle. Oui, à demain, 13 h 30, avec un peu de retard comme d'habitude, absolument, comme d'habitude. Je t'embrasse.

Je raccroche.

Elle est bonne, celle-là.

« Ne réfléchis pas trop, ça empêche de penser. »

Je regarde le ciel par ma fenêtre et je laisse la télé sans son. Des chevaux de Mongolie galopent en horde. J'ai comme un tremblement dans la poitrine.

Les yeux fermés, je sens ma mère mourir.

Je me suis coupé le menton en me rasant de travers.

J'ai enfilé des fringues.

Des chaussures.

Urgence de sortir.

Je marche sans direction précise, envie de me perdre, de ne plus retrouver mon chemin, de partir, de disparaître, d'échapper à ce qui m'attend, de perdre à mon tour la tête, mieux, la mémoire, de perdre mon attachement à toutes choses, d'oublier jusqu'à l'oubli lui-même, d'oublier que je l'aime.

Je marche pour m'effacer.

Je marche pour toujours, indéfiniment, sans retour.

Sans moi.

Je marche pour mourir avant elle.

J'entends sa voix. Elle m'appelle par des noms d'animaux selon le sentiment qu'elle devine en moi.

Mon petit chat pour dire tu es beau, tout va bien.

Mon petit rat quand elle me sait nerveux, anxieux, préoccupé.

Mon petit coq quand je me vante un peu, que je crâne, que je suis content de moi.

Mon autruche quand je cache ma peur, quand je regarde ailleurs ou que je n'assume pas.

Mon loup quand je suis jaloux.

Mon chameau quand je fais la gueule.

Ma puce quand je suis perdu comme un enfant.

Mon petit piaf quand je vocifère en volant.

Peau de toutou quand je veux me faire pardonner.

Mon cochon quand je tache ma chemise avec de la sauce tomate.

Mon canard quand j'ai tort.

Mon ours quand je suis grognon.

Mon zèbre quand j'ai une drôle d'idée derrière la tête.

Mon petit singe quand je la fais rire.

Mon petit loir quand je m'endors et quand je me réveille.

Mon petit lion quand je ne sens pas très bon et qu'elle dit « à la douche ».

Mon petit âne quand je suis têtu comme une mule.

Beau merle quand j'en rajoute.

Mon petit bouc quand je me vexe.

Mon petit mouton quand je boude à cause de la pluie.

Mon éléphant quand je suis sans défense.

Tous ces noms.

Pour dire je t'aime.

Oui, je t'aime autrement dit, mon petit cheval.

Quand j'arrive chambre 36, Maman dort encore.

Le goutte-à-goutte goutte à goutte.

L'éther sent l'éther.

Le silence respire en silence.

Le bras de Maman est bleu.

J'ai des frissons dans le ventre quand je la regarde.

Sa fatigue me tue, sa pâleur me terrifie, sa faiblesse pleure en moi, son courage me déchire, son parfum me parcourt en mille souvenirs.

Son amour me manque déjà, le vide m'aspire vers le grand rien qui m'attend, là-bas, quand il n'y a plus de prochaine fois.

Petit à petit elle me quitte, elle s'en va peu à peu.

Reste avec moi encore un peu.

Un peu pour toujours.

Maman ouvre ses yeux bleu clair et me sourit comme une femme qui sourit à l'homme de sa vie. Comment va-t-elle m'appeler, aujourd'hui ? Quelle suite à cette histoire va-t-elle m'inventer ?

« Mon amour, me dit-elle, mon amour, mon amour. »

Trois fois mon amour, avec trois intentions différentes.

La première : « Mon amour, tu es là ! »

La deuxième : « Mon amour, ne t'inquiète pas. »

La troisième : « Mon amour, tu es tout pour moi, tu es plus que moi, tu es toute ma vie. »

Pour interrompre cette émotion trop éprouvante et retrouver ce voile de pudeur qu'elle a toujours porté comme une élégance : « Alors, mon petit chat, raconte-moi un peu ce que tu écris en ce moment et donne-moi une cigarette, j'en rêve », avec le visage d'une collégienne qui va faire le mur. « Aide-moi à aller jusqu'à la fenêtre, allume-moi une cigarette et, si on se fait prendre, tu diras que c'est toi. »

Ce jour-là, nous avons beaucoup ri, j'ai rêvé qu'elle n'était plus malade.

MAMAN
Il me fait mal, ce tuyau dans le bras.

J'ai vu du sang remonter dans le goutte-à-goutte accroché au déambulateur à roulettes. J'ai pris son bras pour le mettre au bon niveau, et on a fumé en riant. Maman était un peu stone.

MAMAN
J'adore, j'ai la tête qui tourne. Tu sais, en douce tu pourrais m'apporter un bon vin, en douce. Schweppes, ce chameau, devait venir avec une bonne bouteille. Je l'attends.

MOI
D'accord, mais en douce.

MAMAN
Oui, mon fils, en douce.

MOI
Maman…

MAMAN
Oui, chéri.

Moi

Tu veux pas me raconter la suite de la belle histoire de ta vie ?

Maman

Et comment ! Bien sûr, j'osais pas te le proposer. J'ai peur de t'empoisonner, mais si tu me l'demandes, penses-tu ! C'est gentil mon chat de m'y inviter. Alors, où en étais-je déjà ? Ah, oui ! Comme j'avais douze ans pour toujours, que j'étais veuve, muette, que Schweppes veillait sur moi, je ne faisais que des choses de mon âge. Je parlais librement, à voix haute ou à voix basse, à tout ce qui m'entourait, les arbres, les fleurs, le vent, la pluie, les animaux, les heures, tout était possible si seulement j'y croyais, et toutes ces choses me répondaient, c'était follement amusant et très instructif. Les heures, au lieu de perdre mon temps à les regarder passer comme une vache, je me suis décidée à prendre le train du temps en marche, et je le fais toujours. J'irai jusqu'au bout et, quand j'aurai fait mon temps, je leur dirai avant que sonne la dernière toute la reconnaissance que j'ai pour elles. Éternelle, comme on dit. Elles ont mérité un forfait de gratitude illimité pour le temps qu'elles m'ont consacré. Au prorata du temps passé, c'est pas cher payé. « Vienne la nuit, sonne l'heure, les jours s'en vont, je demeure », enfin, pour l'instant. J'ai une passion pour elles. Toute petite, si j'ose dire, j'avais de grandes conversations avec elles, surtout les heures de colle, heureusement que je les avais de mon côté. Elles me consolaient d'avoir été punie, me remontaient le moral, me faisaient rire… Ah, quels bons souvenirs. Le temps a passé si vite. Les heures, les jolies heures, quand elles retardaient un peu pour me donner le temps de vivre lentement, surtout quand je prenais ma barque bleue, je pouvais avoir des conversations symphoniques où tout parlait, les arbres, le vent, la pluie, les oiseaux, les fleurs, les vagues frissonnantes. Des mots murmurés, fredonnés. Une poésie originelle sortie tout droit des mystères de l'existence, auxquels il ne faut surtout pas chercher de réponses, puisqu'elles n'existent pas. La seule réponse, c'est le silence et le bruit sourd de notre cœur battant, traversé par la grâce de vivre et le courage d'être soi. J'avais découvert un arbre merveilleux, je venais le voir tous les jours. Il était large et ses branches comme des lianes reprenaient racine dans la terre. Il parlait gentiment, d'une voix profonde et rassurante, il était si vieux qu'il ne connaissait plus sa date de naissance à un siècle près. Il avait des tas de choses à me dire. Je posais mes questions et il répondait toujours à côté, il parlait d'autres choses comme si, pour lui, répondre à mon chagrin aurait été rajouter du chagrin au chagrin. Il me donnait des conseils et, finalement, parlait de lui-même. Il me disait : « Je n'ai pas la réponse mais si tu montes sur moi, si tu m'escalades, tu verras l'horizon, tu auras des réponses à construire comme des cabanes et, surtout, en grimpant sur des branches différentes chaque fois, tu verras de jolies choses avec des perspectives nuancées qui t'aideront à discerner le monde. Prends de la hauteur, les réponses sont à construire, à vivre. Un homme, une femme surtout, quand il est resté enfant comme toi, est la somme de ses rêves. » Tous les jours, je m'installais sur une branche différente. Il m'aimait beaucoup et je l'aimais tant. Il me manque, je voudrais bien le voir une dernière fois avant de crever.

Moi
Maman…

Maman
Disparaître ? Partir ? Tu préfères ça, toi, des mots qui mentent ? Je ne pourrais pas reparaître, chéri, sauf dans l'invisible de ton âme. Je ne reviendrai pas non plus. Je vais mourir, il n'y a pas d'autres mots, jusqu'à preuve du contraire. Bon, je cesse de t'embêter avec ça, tu es comme Schweppes, il a toujours eu une frousse bleue de la mort. Pas moi, ma vieille carcasse de petite fille de douze ans est fatiguée. La jument que je suis est prête à faire son dernier galop, je sais que les derniers troupeaux de chevaux libres m'attendent. Tu me prends pour

une folle, mon petit ch'val, hein, tu as tort et, au fond, tu le sais très bien.

Moi
Maman…

Maman
Oui ?

Moi
Tu voudrais que je dorme ici, près de toi ? Je pourrais travailler d'ici, écrire, je n'y parviens pas chez moi, je pense à toi.

Maman
Ça t'empêche d'écrire, de penser à moi, ou tu refuses d'écrire ce à quoi tu penses ? Tu trouves ça sordide d'écrire sur une vieille mère qui dit être une jument à l'intérieur d'une petite fille de douze ans dans un corps de soixante-dix ? Tu as tort. Mets ta fausse pudeur en veilleuse et deviens enfin un enfant irresponsable. Un peu de courage, il faut que tu te décides, tu as encore le choix tant que je suis vivante et capable de galoper un peu. Après, quand je serais kaput, ce sera fini, mon petit cheval. Tu seras obligé d'être un adulte, mon Dieu que c'est laid. Moi vivante, tu peux encore. Après moi tu seras condamné à une peine incompressible, perpète. Tu peux prendre les meilleurs avocats, y en a, mais tu risques le

maximum. Ce serait un tel gâchis… Je suis heureuse de calancher pour ne pas voir ça, mon fils.

Moi

Maman, tu débloques, tu perds la tête, c'est le goutte-à-goutte.

Maman

Le goutte-à-goutte mon cul. J'ai fait tous les tests, mon pote, mon cerveau va très bien, merci, j'ai toute ma tête, c'est toi qui ne veux pas voir les choses en face. Tu es raisonnable, naïf, tu as les jetons mais, au fond, tu sais que j'ai raison. Et Jacques Prévert, tu n'y crois pas non plus. Pourquoi tu crois qu'ils se sont flingués, tous ceux que tu aimes ? Chatterton : dix-sept ans, il choisit l'arsenic. Deleuze : par la fenêtre. Romain Gary : une balle dans la bouche, à partir de cette limite votre ticket n'est plus valable mais le Smith & Wesson .38, oui. Hemingway : une balle dans la cafetière parce qu'il ne supportait plus le tremblement d'écrire mais, là, il a pas tremblé quand sonne le glas, le glas sonne, ça fait froid dans le dos. Mishima : hara-kiri et décapité par un copain digne de confiance, le goût du travail bien fait, très nippon. Nerval : pendu sur la voie publique, rue de la Vieille-Lanterne, écrire ou mourir. Virginia Woolf : elle s'est jetée dans une rivière du Sussex avec des cailloux dans les poches, élégant. Zweig :

il se tue parce qu'il ne supporte pas que sa langue soit parlée par des bourreaux. Monroe : j'te passe les détails. Cobain : pauvre gosse. Dewaere : ton acteur fétiche. De Staël : il s'est jeté de la terrasse, la peinture moderne était morte sur un trottoir. Van Gogh : d'abord une oreille, et le reste a suivi à trente-sept ans. Zavatta : le clown, c'est bien triste. Edgar Poe : une balle dans la peau. La Callas : tranquillisants, avec ce qu'elle a absorbé, elle peut dormir tranquille. Diane Arbus : barbituriques, puis s'ouvre les veines dans sa baignoire. Guy Debord : arme à feu, normal tu me diras pour une tête brûlée. Bernard Buffet : sac plastique, la tête dans le sac. Christine Pascal : la petite princesse a dit stop. Amy Winehouse : alcool, médocs et hop, *back to black*. Nino Ferrer : une balle au milieu des vignes après la mort de sa mère. À ta santé, Nino ! Tous des enfants, crois-moi, tous des enfants. Et tu veux la liste des assassinés ? Non ? Bah tu l'auras quand même, ça t'apprendra. Je plaisante.

Moi
Tu ne vas pas mettre fin à tes jours !

Maman
Penses-tu ? Je suis une jument, une enfant, mais avant tout, je suis ta mère, pas de ça chez nous. Je ne peux pas me suicider puisque je t'ai, je suis heureuse, il n'y a aucune raison. Je suis une jument

assumée, une petite fille épanouie et personne ne m'a démasquée. Non, j'irai au bout. Je veux revoir ma maison. Ma barque bleue. Mon arbre centenaire. Ma jument blanche. Mon Schweppes tonic. La dernière prairie des si tu y crois. Et j'ai quelque chose à te montrer. Une surprise.

Moi
Maman, tu sais que je déteste les surprises.

Maman
Je te connais, c'est moi qui t'ai fait. Tu aimeras cette surprise-là. C'est mon plus beau secret, tu verras.

Moi
Je dois y aller. À demain.

Maman
… Majuman ?

Moi
À demain.

Maman
J'suis pas folle.

Moi
Je t'aime, à demain.

Maman se mit à faire le cheval en riant, puis s'allongea sur son lit en me faisant un clin d'œil.

Maman
À demain, mon enfant.

Mon portable a sonné.

Maman
Bah réponds, mon raton, c'est peut-être Jean-Paul.

Moi
Allô, oui, Jean-Paul. Tu veux que je te la passe ? Tu lui as parlé hier. Oui. D'accord, je le lui dis. Oui, ça va et toi ? Tu prépares la feria ? Très bien. Tu as reçu le livre signé pour toi ? Oui, c'est un très beau titre. C'est ce que j'allais te dire, exactem… Oui. Je viens pour le salon du livre. Ah, elle vient aussi ? Je l'aime beaucoup. Maman l'adore.

Maman
Qui, chéri ?

Moi
Bernadette Lafont, Maman.

Maman
Oh, quelle femme libre ! Sa voix, comme

Girardot et Simone. Quelles voix ! Des voix latines et courageuses, populaires et distinguées.

Moi
Elle dit qu'elle aime sa voix…

Maman
Chabrol !

Moi
Maman dit Chabrol. OK, je viendrai avec Alain et Tintin. Alain au piano, Tintin à l'accordéon. Aragon, oui, des textes des romanciers et chanteurs. Arthur il viendrait le deuxième soir et jouerait deux fois, voilà, et le dimanche en matinée. Seul, il jouera « India Song », « La boxeuse amoureuse », « Capri c'est fini », oui, d'Hervé, et « Chanson d'amour », voilà voilà. Je te rappelle. Comment vont tes arbres ? Parfait. Je lui fais la commission. Salut.

Je raccroche et me tourne vers elle.

Moi
C'était…

Maman
Jean-Paul.

Moi

Oui. Il te fait dire que tu recevras demain matin la boîte avec ce que tu lui as demandé, et la photo des juments jumelles que tu aimes, les deux andalouses, il m'a dit que tu comprendrais.

Maman

Rien d'autre ?

Moi

Si.

Maman

Quoi ?

Moi

Si. Si si…

Maman

Il t'a pas dit s'il avait retrouvé le carnet de santé de Majuman et sa médaille arlésienne ?

Moi

Si, voilà, c'est exactement…

Maman

Ce qu'il a dit ! C'est un homme, ton Jean-Paul. Ne le perds pas, celui-là, c'est un homme qui aime les chevaux, un ange au-dessus de ta tête de rat. Il est comme ses arbres. C'est un arbre, d'ailleurs, tu savais ?

MOI
Oui. Non. Qu'est-ce que tu me fais dire, Maman ! J'ai failli te répondre. Une seconde, j'ai cru que c'était vrai. Je suis un peu perturbé.

MAMAN
C'est vrai, tu sais…

J'ai fait comme si je n'avais pas entendu pour ne pas la vexer, et je suis parti.

Ma mère est zinzin. Folle… à lier.

Bonne pour Sainte-Anne, pour la camisole, l'asile de oufs, la pièce capitonnée, les piquouzes.

Elle perd la tête, la boule, la raison.

Dingue.

Barge.

Givrée.

Secouée de la cafetière.

Elle a un pète au casque, plus de lumière dans le grenier, c'est l'entonnoir sur la tête.

L'idiote du village.

La frappée.

Une loufoque.

Qu'est-ce que je vais devenir, Maman ?

11

Café de la Croix-Rouge. Matin.

Cécile
Tu fais bien d'aller t'installer avec ta mère.

Moi
Elle a beaucoup maigri.

Cécile
Il faut te préparer.

Moi
Je ne le suis pas.

Cécile
Écris. Sinon tu vas t'en vouloir. Tu dois reprendre la main, choisir la vie. L'écriture c'est la vie, c'est la tienne en tout cas.

Moi
Je suis en train de perdre le centre de mon monde…

Cécile

C'est un bon début, cesse de te plaindre. La joie est une élégance que tu dois à ta mère, tu auras le droit d'être triste après. Tu es construit par tes chagrins et tes joies, ta mère mérite la joie, elle l'a choisie, elle te montre l'exemple devant ton chagrin. Elle te montre sa folle espérance.

Moi

Je ne me plains pas, j'ai peur.

Cécile

Tu dois regarder les choses en face et devenir ce que tu es, tu le sais très bien. Bon, je file, j'ai rendez-vous.

Je suis resté assis. De toute façon, je ne pouvais plus argumenter. J'ai regardé Cécile sortir du café, elle s'est retournée vers moi. Son regard flottait, ses yeux exprimaient quelque chose de doux et maternel, oui, de cet ordre-là. Je savais qu'elle avait perdu un être cher mais, pour la première fois, elle me montrait ce visage-là, une fragilité interdite à cette femme qui doit écouter et comprendre ses auteurs sans rien laisser paraître de ses failles. J'ai pris ça comme une confidence. Cette idée d'aller vivre avec ma mère à l'hôpital me permettrait peut-être de changer mon regard sur ces jours à venir qui n'auraient pas de prochaine fois.

Oui, elle voyait juste, je devais choisir la vie.

12

Boîte crânienne. Matin ?

J'écoute les vinyles que m'a laissés ma mère.

Julien Clerc, « La cavalerie ». Puis j'ai mis Brassens, « Le petit cheval dans le mauvais temps ». Puis Yves Montand, « Il attendait son carrosse, il attendait des chevaux ». « Vous oubliez votre cheval », de Trenet. Bourvil, « À dada ». Jacques Brel, « Le cheval ». « Horse with no name » d'America. Arthur H, « Cheval de feu ». Hugues Aufray et « Stewball ». « Cheval cheval » de Gérard Manset. « Demandez à mon cheval » de Florent Pagny. « Wild Horses » des Rolling Stones.

Dans ma bibliothèque je suis allé chercher les livres que ma mère m'avait donnés à lire. J'y ai trouvé d'étranges similitudes chevalines dans les passages qu'elle avait pris soin de souligner pour moi et qui m'avaient échappé à l'époque. Les amants de Baudelaire qui partaient « à cheval sur le vin ». Les chevaux de bois de Verlaine,

« tournez tournez bon chevaux de bois / tournez cent tours tournez mille tours / tournez souvent et tournez toujours ». Le cheval d'Apollinaire, et ses chevaux de frise barbelés. Le cheval de Hugo : « saisi par la bride ; / je tirais, les poings dans les nœuds, / ayant dans les sourcils la ride / de cet effort vertigineux. / C'était le grand cheval de gloire, / né de la mer comme Astarté, / à qui l'aurore donne à boire / dans les urnes de la clarté ». « Le cheval seul » d'Eluard. « Le petit cheval n'y comprend rien » de Louis Aragon. « J'ai aimé un cheval » de Saint John Perse. « Les jours s'en vont comme des chevaux sauvages » de Bukowski. Rimbaud, « Le seigneur à cheval passait sonnant du cor / et l'un avec la hart l'autre avec la cravache / nous fouaillaient ; hébétés comme des yeux de vaches ». Jacques Prévert, « dans les manèges du mensonge / le cheval rouge de ton sourire / tourne / et je suis là debout planté / avec le triste fouet de la réalité / et je n'ai rien à dire / ton sourire est aussi vrai / que mes quatre vérités ». Federico Garcia Lorca, « Petit cheval, où mènes-tu ton cavalier mort ? ». Marcel Aymé, *La Jument verte* : « au village de Claquebue naquit un jour une jument verte, non pas de ce vert pisseux qui accompagne la décrépitude chez les carnes de poil blanc mais d'un joli vert de jade ». « Le cheval des rêves » de Pablo Neruda. Rossinante, le cheval du Don Quichotte de Cervantès. « Un cheval, mon royaume pour un cheval », écrit Shakespeare dans *Richard III*. *L'homme qui murmurait à l'oreille des chevaux* de Nicholas Evans. *Les Cavaliers* de Kessel, où Jehol le cheval fou est un personnage du roman. *À cheval* de Maupassant. *On achève bien les chevaux* d'Horace McCoy. *Le Cheval d'orgueil* de Pierre Jakez Hélias, « trop pauvre pour posséder un autre animal, le cheval d'orgueil aura toujours une stalle dans mon écurie » ; « quand on est pauvre mon fils il faut avoir de l'honneur, les riches n'en ont pas besoin ». *La Mort du petit cheval* d'Hervé Bazin. Cocteau, « et voici le cheval pâle après le cheval noir, après le cheval roux, après le cheval rouge, après le cheval blanc ». Voltaire, *Zadig*, « le plus beau cheval de l'écurie du roi s'était échappé des mains d'un palefrenier dans les plaines de Babylone ». Balzac, *La Femme de trente ans* : « le cheval trempé de sueur et dont la tête agitée exprimait une extrême impatience ». José Maria de Heredia : « d'un vol silencieux le grand cheval ailé / soufflant de ses naseaux élargis l'air qui fume / les emporte avec un frémissement de plume / à travers la nuit bleue et l'éther étoilé ».

Je n'arrivais pas à compter tous les livres que ma mère m'avait offerts et qui, de près ou de loin, avaient un lien avec le cheval. Ils recouvraient entièrement le sol de mon atelier. J'étais étourdi, saoul, pris de vertige. Je me suis assis au milieu d'eux, le cul par terre, je n'osais plus me relever.

Sur l'écran de mon téléviseur toujours sans son, je voyais des chevaux sauvages courir vers moi, je devenais fou sans doute, je n'avais rien bu, je n'avais rien absorbé, aucune drogue, aucun cachet pour voir la vie en bleu, non, j'étais débordé et « Wild Horses » des Stones tournait inlassablement comme une jument sauvage.

Qu'avait-elle essayé de me transmettre à travers tous ces livres, ces chansons, ces films ? Redford jouait dans deux d'entre eux, *L'homme qui murmurait à l'oreille des chevaux* et *Le Cavalier électrique*, son film préféré. Schweppes, lui, adorait *On achève bien les chevaux*. Que voulait-elle me dire ?

J'étais épuisé. J'ai coupé mon téléphone et j'ai attendu la nuit. Je me suis endormi dans la prairie des livres de ma mère, j'ai dormi le plus possible. J'ai d'abord compté les chevaux, tous ceux que je connaissais, les ardennais, les postiers bretons, les camarguais, les argentins, les arabes…

Je les voyais sauter comme les moutons que l'on compte habituellement. Les chevaux ont tous une grâce infinie et sur chacun d'entre eux je voyais ma mère, chevauchant avec une joie immense. Puis elle n'était plus la cavalière qu'elle avait été avant la mort de sa jument. Je la voyais sauter elle-même comme les chevaux que je comptais pour m'endormir, elle était une des leurs, une jument.

Enfin le sommeil est venu, les rêves aussi.

Je rêvais d'équidés et ma mère partageait mon rêve. Je la sentais plus fort que d'habitude. Des percherons, des traits belges, des frisons, des gypsy cob, des appaloosas, des falabellas, des haflingers, des chevaux de Mongolie. Mes préférés, c'étaient les mustangs, indomptables et libres, les préférés de Maman, aussi. Quelle allure ! Je dormais chez les mustangs et je ne voulais plus me réveiller. J'entendais la voix de Maman.

« Mon fils, tu ne rêves pas. Tu réalises, tu vois vrai, tu vois juste, tu ne rêves pas, tu vis, tu te réveilles, tu sors du brouillard profond du monde des apprivoisés, de ce monde où tout doit se domestiquer comme des objets que l'homme collectionne. Des produits domestiques, des hommes faibles au service des riches domestiques. Un monde où les hommes chassent, grillagent, propriétarisent, accumulent, entassent. Tu vois la vérité, tu es mustang comme ta mère, j'en étais sûre mon chéri. Je te laisse dormir, car tu te réveilles enfin. Chevauche, mon enfant, chevauche avec les tiens, cherche un point d'eau ; ils t'y attendent. »

La voix de ma mère murmurait comme le vent à mes oreilles de mustang. Je chevauchais au triple galop, je suivais mon instinct vers le point d'eau. Je voyais les montagnes enneigées de Jeremiah Johnson, je voyais les visages des Indiens d'autrefois, les troupeaux, les bisons, les ours, je sentais le vent frais dans mes naseaux brûlants, mes sabots résonnaient sous mon ventre tendu et la poussière derrière moi flottait dans l'air comme un drapeau de liberté. Je ne fuyais rien, je suivais mon destin de cheval sauvage comme ces hommes à peau rouge que d'autres hommes ont exterminés.

Je flottais au-dessus du sol comme un vestige, un rêve presque disparu, comme une espèce qui bientôt n'existera plus et n'aura pas de prochaine fois.

J'ai dormi en rêvant au galop jusqu'au lendemain 12 heures.

13

Boîte crânienne.

Je me suis réveillé au milieu des livres qui m'avaient servi d'oreillers et de matelas, sur les couvertures des livres de ma mère. J'avais fait le tour du cadran et je me suis mis à parler tout seul, enfin presque.

Moi
Alors, 12 heures, comment vas-tu ? Ou préfères-tu que je t'appelle midi ?

Douze heures (ou midi)
Va voir ta mère au lieu de discuter.

Je me suis retourné pour voir qui me parlait.

Moi
Il y a quelqu'un ?

Silence. J'entendais des voix, j'étais sûrement

bouleversé, c'était normal pour un écrivain qui écoute sa voix, qui la cherche pour l'écrire. Mais cette voix-là était nouvelle dans mon répertoire, peut-être une inspiration nouvelle, une nouvelle voie, une nouvelle vie.

J'ai vu le fond d'écran de mon téléphone s'éclairer. Un SMS de Cécile.

« Je veux te voir, café de la Croix-Rouge, dépêche-toi. Je veux que tu me dises où tu en es de ton livre avant d'aller voir ta mère. Je voudrais venir avec toi, cette fois-ci. Bises, allez mon vieux, au trot. »

J'ai pris un cheval... qu'est-ce que je raconte... un Vélib', et j'ai pédalé jusqu'au café de la Croix-Rouge. Des images de mes rêves me revenaient et j'entendais la voix vibrante de Paul Eluard.

« Cheval seul, cheval perdu, / malade de la pluie, vibrant d'insectes, / cheval seul, vieux cheval / aux fêtes du galop, / son élan serait vers la terre, / il se tuerait. »

Je chevauchais sur mon Vélib', gris, véloce, les larmes coulaient de mes yeux. J'ai croisé la police montée dans le jardin des Tuileries. J'ai traversé la Seine et j'ai regardé les statues où les chevaux portant des hommes rêvaient d'indépendance et de paix.

Devant les Beaux-Arts, dans les galeries, je devinais sur les murs, à travers les vitrines réfléchissant ma silhouette mouvante, les chevaux de Géricault, de Noureev, de Delacroix, de Stubbs, le cheval ailé tenu par un enfant de Picasso et qui me ressemblait comme deux gouttes d'eau, et le cheval de *Guernica* symbole du peuple opprimé, me disait Maman, « mon tableau préféré », ajoutait-elle.

Le cheval du Caravage dans *La Conversion de saint Paul*, les dessins de Michel-Ange pour le cheval de Marc Aurèle. Le cheval de Francis Bacon sur le gâteau, le cheval bleu dans le ciel de Chagall, le cheval blanc et cabré de Giacometti.

Café de la Croix-Rouge. Je pose mon Vélib' à côté du centaure de César, sculpté en hommage à Picasso.

Cécile est déjà installée et discute avec Paga, le propriétaire des lieux. Je les entends parler alors que je traverse la place.

Paga

Te voilà ! Madame vous attend depuis quelques minutes alors je lui tiens compagnie, monsieur, c'est comme ça chez nous, à Marseille, on sait vivre naturellement !

Moi

Salut Paga, on a pris combien contre Paris ? J'ai pas vu le match.

PAGA
On leur a mis dans le cul, oui ! Mandada arrête le penalty dans le cul, Payet leur met un tir de vingt-cinq mètres dans le cul et Adil Rami une tête… où ça… ?

CÉCILE
Dans le cul, c'est charmant. Deux tartines avec pastrami et deux verres de bordeaux, s'il te plaît Paga. Et pas dans le cul.

PAGA
J'oserais jamais ! On sait se tenir, nous, à Marseille. (À moi.) Comment va Maman, toi, Rimbaud ?

MOI
Elle est… surprenante.

PAGA
Elle est magnifique, ta *mamma*. Assieds-toi, Verlaine.

MOI
Un café le plus…

PAGA
Petit possible, si possible.

J'embrasse Cécile et nous enchaînons.

Cécile
Je voudrais voir ta mère, je peux ?

Moi
Oui, elle sera ravie de te voir.

Cécile
Alors, montre-moi où tu en es.

Moi
Il m’est arrivé un truc en écoutant les disques de ma mère et en sortant ses livres…

14

Chambre 36.

Maman
À dada sur mon bidet quand il trotte il fait des pets à dada à dada à dada…

Moi
Tu veux que l'on repasse, Maman ? Je suis venu avec Cécile, mon éditrice.

Maman
Mais quelle bonne surprise ! Comment allez-vous, chère Cécile ? Eh oui, le goutte-à-goutte goutte à goutte, les jours s'en vont, je demeure, chevaux de frise barbelés pas encore sur le flanc, suis pas au point de gagner le prix de Diane, mais c'est pas l'heure de l'équarrisseur ni de la piqûre vétérinaire. Vous savez que vous ressemblez à un joli pur-sang anglais ? Vous avez des origines par là ?

Cécile
J'aime autant ça, chère madame, vous m'auriez dit que j'avais la silhouette d'un trait poitevin, j'aurais pu mal le prendre.

Maman
Comme vous êtes drôle ! (À moi.) Comme elle est drôle ! Il y a un rayon de soleil et j'ai le droit de faire quelques pas. Voulez-vous me tenir le bras et parler du beau temps, chère Cécile ?

Cécile me regarde.

Maman
Ne vous inquiétez pas pour mon fils, il va poser ses petites affaires et commencer à travailler sans moi. Je lui raconterai une histoire tout à l'heure, n'est-ce pas mon chat ?

Moi
Évidemment.

Maman
Tu es vraiment mon fils, aucun doute. Pouvez-vous m'aider avec ce goutte-à-goutte, chère Cécile ?

Cécile
Évidemment.

Maman
Vous fumez, chère Cécile ?

Cécile
Oui, malheureusement.

Maman
Ah non, heureusement ! J'en rêve. J'ai arrêté il y a trente ans à cause d'un souffle que Schweppes avait dépisté ou inventé, mais j'ai envie d'une cigarette tous les jours. Qu'est-ce que vous fumez ? Pas des légères, j'espère.

Cécile
Des lourdes.

Maman
Parfait. À tout à l'heure mon chat.

Cécile me lança un regard de petite sœur un peu gênée, je ne la connaissais pas ainsi. Elle était toujours dissimulée derrière son déguisement d'adulte. Je me rendis compte en pensant cela que je raisonnais comme Maman. Je lui rendis le même sourire. À mesure que j'avançais dans la vie inventive de ma mère, mes liens professionnels avec Cécile changeaient de camp pour devenir plus que de l'amitié, des liens comme familiers, une relation fraternelle, une protection affective à laquelle je ne m'attendais pas. Je les regardais par la fenêtre du troisième étage marcher dans les allées, elles fumaient et riaient toutes les deux.

Je me doutais que leur conversation tournait autour des chevaux, car Maman semblait heureuse et faisait des petits pas de côté, imitant les manières de sa jument. Soudain, elle est tombée. Je suis resté figé, impossible de me mouvoir tant mon angoisse était immense, mes jambes étaient coupées. Mais elle s'est relevée, aidée par Cécile, avec le sourire d'une écolière. Puis elles sont revenues dans la chambre.

MAMAN

Eh ça va, mon p'tit ch'val, fais pas cette tête, on dirait Schweppes. C'est pas le col, l'heure du fameux fémur fatal. Une vieille jument grise comme ta mère a un col solide ; t'imagines appeler le véto et qu'il m'achève ? Je plaisante, Marcel. Marcel de ch'val, ah, je t'aime à hennir. Je trouve ton amie Cécile très très bien, ça ne vous ennuie pas que j'reparle devant vous, Cécile ? Perso j'ai rien à cacher. Elle connaît bien notre monde, chaton, non, pas les chats, les chevaux. Incollable à croire qu'elle a été pouliche toute sa vie. Ne le prenez pas mal, Cécile, dans ma bouche, pouliche est un compliment, une marque d'affection, vous l'avez compris.

CÉCILE

Bien entendu.

MAMAN

Et mon fils qui doit se dire que j'y vais avec mes gros sabots.

CÉCILE

Ça ne craint rien.

MAMAN

Ça ne crin rien. Qu'elle est drôle, hein, mon lapin. Un petit bobo à l'épaule, c'est rien, on a fait les fofolles, on s'amuse, c'est délicieux. Oh, ce kiné, je l'aime pas. Il est franc comme un âne qui recule et bête à bouffer du foin. Pouvez-vous trouver quelque chose, Cécile ?

CÉCILE

Eh bien, oui. (Au kiné, l'empêchant d'entrer dans la chambre.) Non, monsieur… (elle regarde son nom sur son badge)… monsieur Poulain, madame va changer de kiné. Oui, il viendra de l'extérieur pour s'occuper de madame, oui le docteur Feltesse. Oui, il pratique aussi chez vous, comme vous le savez. Écoutez, ça ne passe pas entre vous et madame, on va pas se mentir, n'est-ce pas ? Qui je suis ?

MAMAN

Ma fille.

Cécile
Adoptive.

Maman
C'est pareil, je t'aime comme si je t'avais faite. (À moi.) Va donc aider ta sœur, toi, au lieu de faire tes yeux de mouton.

Moi
Voilà, merci monsieur Poulain, je signerai une décharge, voilà voilà, allez hue.

Maman
Il est con, ce Poulain, je l'ai dans le colimaçon. Il ne mérite pas le nom qu'il porte. Je connais ses parents, très bien. Ça a dû sauter une génération. À mon avis, c'est pas le poulain qu'ils avaient en tête. (À moi, sans transition.) Oui, il est con, il se prend pour un autre. Comme Dalí avec ses dessins de chevaux déformés, non, il est bon avec Buñuel et pour la com' avec ses phrases à la noix : « Picasso est espagnol, moi aussi, Picasso est un génie, moi aussi, Picasso est communiste, moi non plus. » Pour qui il se prend ? Faut vraiment rien avoir à se mettre sous la dent pour trouver un slogan pareil afin d'être à côté de Picasso. Le cheval de *Guernica* a une autre allure que ces chevaux qui fondent, au moustachu gominé avec sa petite machine à coudre. Le mieux chez Dalí, c'est les autres. Il

a inventé la tartufferie de l'art, c'est pas correct. S'en prendre à Don Quichotte je supporte pas, il désœuvre les œuvres. Sa meilleure croûte fut le spot pour le chocolat, c'est ce qu'il a fait de plus rigolo à ses dépens, n'est pas Duchamp qui veut. La femme cocher, oui, la bicyclette, oui, les chevaux de Pollock, oui. Dalí, non, de la déco pour poster dans une chambre d'étudiant écoutant du rock progressif à n'en plus finir, je l'ai jamais senti ce Dalí. Comme Poulain. J'ai un peu de compassion pour eux tout de même. Quoi ? Oui, je suis une jument honnête. La femme de Poulain est le portrait craché de Gala. Une tête d'une méchanceté comme Gala, indéfinissable, à faire peur. Je comprends qu'il ait préféré Amanda, elle avait de l'allure tu vois, ça, ça le fait remonter dans mon estime. Il fallait pas toucher à Picasso, c'est tout. J'ai un coup de moins là, il faut que je rentre à l'écurie. Écoute mon p'tit rat, pas ce soir, je veux rester seule. Tout ça m'a remuée, tu t'installeras demain, d'accord ?

Moi
Oui Maman.

Maman
Voyez, rien à faire, il veut pas m'appeler Majuman.

Cécile
C'est vrai que tu pourrais faire un effort.

Maman
Refus d'obstacle, il se cabre, regardez Cécile, il se cabre.

Moi
Vous commencez à m'emmerder toutes les deux.

Maman
Chaton ?

Cécile
Bah, Marcel…

Maman
De ch'val ! Pardon, ça m'a échappé. Vous, Cécile, vous pouvez rester si vous voulez.

Moi
Bon, salut.

Cécile
Marcel…

Maman
Cécile ?

Cécile
Oui ?

Maman
La queue-de-cheval, vous aimez ?

Cécile
Je préfère les cheveux détachés.

Maman
On est pareilles, c'est dingue, non ? Vous êtes de mon côté pour le moustachu qui se prenait pour la gare de Perpignan ?

Cécile
Plus nuancée, peut-être. Mais c'est vrai que le coup de Picasso… petit.

Maman
Ah… oui.

Je m'éloignais au ralenti, dans le coaltar, saoulé par les deux poulinières qui m'avaient chargé de leurs paroles comme un mulet, une bête de somme.

15

Boulevard Saint-Germain.

Je me suis arrêté chez Lipp pour dîner seul. J'ai commandé une bouteille de La Lagune et j'ai choisi des endives, des lentilles, des épinards et des haricots verts. Que du légume, me fit remarquer le serveur à rouflaquettes, avec une petite expression désolée.

Moi
Oui, *vegetable*.

Le garçon
Du riz ?

Moi
Non.

Le garçon
Frites ?

Moi
Non. Vous voulez pas trinquer avec moi ? Je me sens seul.

Le garçon
Bon…

Moi
Vous direz que je vous ai demandé de goûter pour moi, j'ai plus de flair.

Le garçon
Hop hop.

Moi
Alors ?

Le garçon
Toujours le même, monsieur Marcel.

Moi
De ch'val.

Le garçon
Vous êtes vraiment… vous alors ! Il s'prend pas au sérieux ! Formidable. Allez, c'est parti : une endive, une lentille, un haricot, un épinard pour m'sieur Marcel.

Moi
Merci. Putain, il est bon le La Lagune.

L'ivresse montait et j'avais petit à petit changé mon point de vue sur Maman et Cécile, je les trouvais drôles et je riais tout seul. J'ai pouffé et me suis taché le gilet. La fille italienne du vestiaire est venue avec une serviette chaude de vapeur m'enlever la tache. Elle fredonnait une comptine en italien d'une voix légèrement brisée, assez sexy d'ailleurs.

L'Italienne
Il cavallo del bambino va pianino va pianino, il cavallo del vecchietto va zoppetto va zoppetto…

Moi
Zoppetto…

Elle tapota mon gilet.

L'Italienne
Il caval del giovanotto va di trotto va di trotto, il caval del mio compare, come il vento sa volare…

Moi
Sa volare… Merci, mademoiselle.

L'Italienne
A votré servicio, monsieur Marcello.

Marcello, ouais, c'était bien, Marcello.

J'étais ivre et j'étais bien.

J'ai levé les yeux et j'ai vu mon ami Franck Maubert. Mister mystère Maubert, c'est son mystère de famille, drôle non ? Je n'étais même pas surpris de le voir, juste content.

Moi

Ça va ? Je te sers un godet ?

Franck

Euuuh, oui. Je viens de me garer, figure-toi que je suis tombé en panne d'essence en me garant. Dingue, non ?

Moi

La classe, avec ta Jaguar gris souris à propulsion.

Franck

Euuuh, oui.

Moi

La classe, ta berline sport Xj8 à propulsion.

Franck

Euuuh, oui, arrête de te moquer de moi ! Il est bon, ton La Lagune ?

Moi
J'ai un bidon dans ma boîte crânienne, on y passe après.

Franck
Pourquoi t'as un bidon là-haut ?

Moi
Au cas où un ami tomberait en panne devant chez Lipp avec sa Jag à propulsion, classe non ?

Franck
Sérieux, t'as un bidon ?

Moi
Sérieux.

Franck
Bon, parlons plutôt de toi, ta mère, ton livre.

Moi
La classe, Mystère, l'écrivain à propulsion.

Franck éclate de rire et moi aussi, éclaboussant de vin nos têtes de gamins enchantés.

Moi
La vestiaire italienne va nous essuyer nos cols de chemise en chantant, la classe.

16

Avec Franck, dans la boîte crânienne, le sol recouvert de livres, de disques et de dessins de chevaux d'artistes différents.

Franck
Je peux prendre du Petit Cheval dans la cuisine ?

Moi
Sers-toi.

Franck
Tu as un bidon d'essence ici ?

Moi
Oui, pour les couleurs, quand je bosse sur des polas ou des agrandissements et que j'ajoute des collages, que je repeins le ciel, les statues, bref, oui, et maintenant j'en prendrai pour la Jaguar à propulsion.

Franck

C'est beau tous ces livres par terre, ce sont ceux que ta mère t'a donnés ?

Moi

Oui. Tous ont pour point commun le cheval. Les romans, les poésies, les livres d'art, les disques aussi, chacun a sa chanson chevaline. Elle adorait d'ailleurs les dessins de Giacometti, cheval au galop, les bougeoirs à tête de cheval. Celui de *Guernica*, celui de Caravage, Cocteau, Gauguin, Géricault, elle les lie entre eux. À ton avis, qu'est-ce qu'elle me dit en me montrant ces hordes sauvages ?

Franck

Elle te parle au-delà des mots, je crois, elle va à l'essentiel, elle fait un don d'elle-même, elle ne cherche pas à te débourrer ou te mettre un licol, un mors ou des rênes. Elle veut te faire partager son espérance, mettre fin à la captivité du temps, celle des démarches individuelles, retourner à l'écosystème originel. Pour elle, cela s'incarne dans la beauté des chevaux rendus à l'état sauvage. Elle dit non à un vieux monde qui se croyait nouveau et qui n'a créé que le bruit, la fureur et des boucheries humaines et chevalines, sans jeux de mots, je t'assure.

Moi
Sans jeux de mots, je te crois.

Franck
Oui, ça arrive et c'est un arrière-plan symbolique. Quand j'ai appris la mort de Bacon, je me faisais des œufs au bacon.

Il regarde les passages annotés dans les livres.

Franck
Elle souligne des passages formidables. Yourcenar : « On ne change pas les plumes de la tribu. » Et tu vois, dans les *Mémoires d'Hadrien*, le lien qui unit le cheval et un empereur, elle le vit totalement. Écoute ce passage : « Entre Borysthènes et moi, les rapports étaient d'une netteté mathématique : il m'obéissait comme à son cerveau, et non comme à son maître. Ai-je jamais obtenu qu'un homme en fît autant ? »

Moi
Maman, ma chérie, le yo-yo est en train de quitter la ficelle.

Franck
Marcel, regarde, elle connaît tout. Pour Jean Genet, c'est elle qui pose à la plume des annotations, ce Jean Genet sauvage, comme écorché, ce condamné à vivre, même mort. Jean comme

un prénom de forçat indélébile, Genet, petit cheval d'Espagne. L'homme face à ce qu'il désigne par Dieu s'affranchit de sa sexualité d'homme, condamné par les hommes et leurs lois. Tu vois, elle crée des passerelles entre les artistes, les enfants et les chevaux. Des chevaux de bois aux chevaux des hommes, jusqu'aux chevaux sauvages. Pour elle, on ne peut pas apprivoiser un cheval comme un chien, mais on peut être son ami ou se fondre en lui, ou lui en vous. Mais il reste un animal, pas un domestique. Pour le lion, il n'est pas possible de l'apprivoiser ni de construire ce lien d'égal à égal et de bienveillance, non, il reste l'animal, il faut le mettre en cage ou avoir sa peau comme trophée. Elle voit le cheval plus grand que lui-même, chargé de cette mission d'être notre parallèle en liberté. Le chat, oui, aussi, mais trop petit. Ni la tortue, ni le poisson, ni l'oiseau. Le cochon, la vache, difficile à dire, l'ours, le dauphin, incertain. Quant au singe, il nous ressemble trop pour être fascinant et poétique. Bartabas le dit, et Luraschi, et Geronimo. Et les babouins comme les hommes sont capables de tuer leur prochain, ce qui les rapproche de nous en guerre de territoire et de domination. Le chien serait le traître du loup, le cheval ne pourrait pas servir à une gestapo de chiens policiers, et de mordre avec rage un juif, un noir, un immigré algérien, un pédé, un petit criminel, un tzigane, un poète, une putain. Le cheval pour elle est sinon au-dessus, à part, à côté.

Pour ta chère Maman, le cheval est le mystère et la liberté, licorne ou pégase, le centaure, une union de courage, d'équité et d'animalhumanité. Elle écrit : « Majuman est morte pour le visible, le commun des mortels, mais moi, je sais mon petit Marcel que son dernier souffle est passé de son corps au mien pour faire de moi elle et elle de moi. Et tu l'as vu comme nous, toi, Schweppes, Majuman et moi, tu avais cinq ans mais tu le sais, tu ne te souviens plus de ce souvenir-là, tu l'as enfoui mais lui ne t'a pas oublié, j'en mets mon sabot à couper. Il va te revenir un jour à la vitesse d'un cheval au galop. » Ta mère est une artiste, une enfant peut-être, mais surtout, elle se sent être une jument, Marcel.

Moi

Arrête tes conneries, Franck, tu me fais peur. T'entends ce que tu dis ? Tu es sous l'effet du Petit Cheval après le La Lagune, tu es saoul.

Franck

Je peux prendre la chambre d'ami ?

Moi

Non. Mais si, bien sûr, ça me fait plaisir que tu restes. J'entends des trucs, ma mère, mes rêves, bref... Oui, installe-toi, il y a tout, la femme de ménage est passée, y a tout et dans la salle de bains aussi.

Franck
Pour moi, ta mère a écrit son journal dans tous les livres qui couvrent le sol de ton atelier. Lis-les et tu auras le mot de la fin.

Moi
Comment je vais faire ?

Franck
Un jour ou l'autre, il faut bien faire ce chemin. Elle le mérite, c'est une femme bien, enfin une jum…

Moi
Arrête, dis pas le mot.

Franck
Je t'embrasse, à demain. Je te réveille si tu dors ?

Moi
Oui. Tu veux un dernier verre de Petit Cheval ?

Franck
On trinque alors.

Moi
À ta Jaguar gris souris à propulsion !

Franck
À toi, mon vieux, toi et ta Maman. Marcel, tu dois écrire. Écrire c'est tracer un chemin qui continue sa vie. Ou le contraire.

Franck fit un hennissement et le bruit de bouche d'un cheval. Il a marché vers la chambre d'ami en concluant : « Un chemin qui continue sa vie. Une vie qui continue son chemin. »

17

Boîte crânienne, lendemain matin.

Je me lève, je vais voir si Franck dort. Il n'est plus dans la chambre d'ami. Il est peut-être parti acheter la presse ou parti tout court, effrayé par mon état de profonde dépression. Je le comprends, il a passé trop de temps avec tous les dingos de la terre, Malaval, Gainsbourg. Quelques années en tête à tête avec Bacon et tous les cocaïnés de la presse globale actuelle et de la télé. Je ne peux pas exiger de lui qu'il écoute et prenne au sérieux mes aventures chevaleresques. Et pourtant il m'a donné hier quelques clefs sur ma mère, essentielles.

La porte s'ouvre, c'est Franck, les bras chargés de baguettes tradition, de journaux littéraires et artis et du *Canard enchaîné*.

Franck

Je t'ai pris *Le Canard*, c'est drôle, il y a un dessin de Cardon, ton dessinateur préféré. Un dessin de cheval, figure-toi, c'est un signe. Sinon, pain, miel et presse à gogo.

Moi
J'ai cru que tu t'étais évadé comme un bagnard, prisonnier de mes histoires à mourir debout.

Franck
Tu plaisantes ! Ta mère est la personne la plus vraie que j'aie rencontrée depuis l'homme qui marche de Giacometti qui est venu me rendre visite à l'hôpital quand j'étais allongé sous morphine pour me raconter sa vie de décharné. Ta mère jument, l'homme qui marche, même tabac, du très très lourd.

Moi
Tu ne peux pas me faire plus… Enfin, c'est vraiment… Comment dire ?

Franck
Tais-toi et bois ton jus, trempe ta tradition, lis la presse et file-moi ton bidon. On se revoit quand tu veux pour lire les notes de ta jument de Maman !

Nous avons plongé nos tartines dans le miel, notre pain au miel dans le café, notre baguette au miel mouillée de café dans nos bouches, nos yeux chaussés de nos carreaux plongés dans la presse littéraire, *Le Point*, *Le Figaro lit'*, Le festival de la photo d'Arles, Monumenta, Viola au Grand Palais, il faut que j'arrête de faire des listes.

Plus un mot ne sortait. Nous lisions dans un murmure et nous échangions nos articles en tapant sur le papier journal frissonnant, avec des hochements d'approbation ou de doute, des grognements, des mâchouillis, des slups, des humchh, des smacks, des fffuittt.

Franck
Il est bon, le café.

Moi
Starbucks équitable Pérou.

Franck
Bon.

Moi
Et tu penses quoi du livre ?

Franck
Et toi ?

Moi
Comme toi.

Franck
J'en étais…

MOI
Sûr. Bah oui.

FRANCK
Bon, je prends le bidon et je descends recharger la Jag à propulsion qui t'amuse tant. Salut, merci !

MOI
Salut. Merci à toi, Franck.

18

Rendez-vous à La Belle Époque en vue de la quatrième de couv' de *Libération*.

Je rentre mon Vélib' dans le restaurant, le gare contre le bar et me dirige vers le néon qui s'allume. On peut lire « salle du fond » en blanc cassé jauni. J'adore les néons. Son inventeur est français, il est mort il y a cent ans et personne n'a célébré le centenaire de sa mort, ça me rend dingue. Je vais commencer mon interview par la lumière.

Moi
Bonjour, Fred.

Fred
Tu es en avance, c'est bien, mon Marcello.

Moi
Grâce à toi et à tes coups de fil, réveille-matin. Je te dois ma ponctualité et mon talent, sans toi rien de rien.

Marie

Vous avez mal dormi, Marcel ? Vous faites dix ans de plus.

Moi

Ah bon ?

Marie

C'est une blague, Marcel, pensez-vous que j'oserais une seconde dire une chose pareille, après tout le chocolat que vous m'offrez ?

Moi

Justement, tenez. Quatre-vingts pourcent, vietnamien, un de mes préférés, très bon pour la voix et le reste.

Marie

Vous me gâtez, Marcel, ai-je besoin du reste dont vous parlez ?

Moi

Non, mais ça peut pas nuire. Simple question d'absolu. On a, mais on n'a jamais assez.

Marie

Vous êtes drôle, vous voulez un HMC[1] ? J'ai prévu, dans le doute, mais Popule, Sylvia et

1. Habillage maquillage coiffure.

Bouclette attendent mon coup de fil, elles sont sur un film à deux pâtés d'ici, elles peuvent nous rejoindre en cinq minutes, entre deux prises. Elles ont prévu des renforts sur place.

Moi

Non, rien. J'y vais comme ça, je me suis douché de près, shampoing Leonor Greyl, rasé de loin, à la mousse Nobacter rasoir Mach 3, séché les douilles négligemment façon coup de vent pour commencer, le reste au Vélib', en venant. Pas de gel, une crème éclat cheveux de la même marque que le shampoo. J'ai mis une chemise Charvet blanche une taille trop grande pour avoir le cou à l'aise, cravate RRL St-Germain (dernier étage, le vendeur s'appelle Albert). Gilet sans marque Bloomingdale's, boules de manchettes dépareillées, Charvet, une bleue, une noire, pantalon jean Saint Laurent noir, un cadeau de ma costumière. Pas de chaussettes, comme d'habitude, en toute saison, quelle que soit la météo, c'est la règle. Tennis blanches Kitsuné sans lacets. Veste Comme des garçons en rayonne usée de partout, je l'adore, si je grossis ou si je réduis, elle suit. Pas de montre, c'est terminé. Pas de caleçon, c'est trop tard. Une pochette de Bali et un carré Hermès que j'ai acheté il y a trente ans et que ma fille rêve de me piquer. Le tout arrosé d'eau de Cologne du Coq. Vous me trouvez comment ? J'ai une allure crédible ou je vais me rhabiller ?

Marie
Vous êtes complètement fou, Marcel.

Moi
Oui, je vais juste emprunter votre tube de rouge à lèvres pour la photo.

Fred
Tu as pris ton petit déjeuner au vin rouge ou tu ne t'es pas couché.

Marie
Ou alors vous êtes très en forme.

Fred
Ou totalement suicidaire.

Marie
Non : un romantique au bord du *coming out*.

Fred
Tu veux briser ta carrière dans *Libé* avec photo noir et blanc à la Mapplethorpe façon fouet dans le derrière ?

Marie
Ou alors vous voulez nous faire virer tous les deux.

Moi

Vous voulez que j'aille me changer ?

Marie

On vous fait marcher, Marcel.

Fred

Bouhh la vilaine, elle nous a crues, on est bonnes, toutes les deux, Marie !

Moi

Vous êtes cons, putain, je doute à mort. J'écris plus, je suis mort de trouille, déconnez pas. J'ai failli faire une attaque, je suis pile la cible, cinquante-cinq berges, fumeur, je bois du rouge, je me couche… pas. Et je meurs de peur à l'idée que ma Maman meure. Je vous adore, vous savez me parler, tous les deux. Allez, au boulot !

Me voilà face à la journaliste de *Libération*.

Moi

Bonjour madame, merci de m'accorder votre temps. Vous voulez un thé ? un café ? Marie et Fred ont déjà tout prévu, j'arrive trop tard ?

La journaliste

Quel est le sujet de votre prochain livre ?

Moi
Aucune idée, je vous jure, dès que ça me vient je vous appelle dans la minute. Les chevaux, je crois.

La journaliste
Vous croyez ?

Moi
Oui, une jument, plus exactement.

La journaliste
Mais encore ?

Moi
C'est un peu tôt pour l'évoquer, mais je prépare un autre livre, à quatre mains avec Franck mystère. Euh… Maubert. Ça, c'est en route, ainsi qu'une version radio dans l'émission « Aimons-nous les uns sur les autres ».

La journaliste
Bonne idée ! Quel en est le thème ?

Moi
Les poètes, leurs liens à travers les siècles, leurs gémellités de pensées, leurs combats face aux injustices, leur impact sur nous, leur écho. Tout commence avec le mot de Neruda, le printemps est inexorable, et celui d'Aragon, la femme est l'avenir de l'homme. Nous nous intéressons

aussi aux autres voix, sculpteurs, peintres, musiciens, etc. Le cercle solidaire des artistes, tellement différents et pourtant concernés par une seule motivation : leur capacité à combattre au centre. Il s'agit de trouver la ligne pour évoquer cette résistance. Daniel Cordier, Jean Moulin, Simone Veil, les hommes et femmes qui donnent un sens à notre insouciance en consacrant leur vie au risque de la perdre, comme si c'était une obligation, la même que celle qui poussa Van Gogh à mettre fin à leurs jours par impossibilité de mentir ou d'abdiquer, le dégoût de Zweig, qui ne pouvait supporter que sa langue soit celle des bourreaux. Et en thème deux, les mères de chacun.

La journaliste
Bien, bien.

Moi
Merci merci.

La journaliste
De rien de rien.

Moi
Mais si mais si.

La journaliste
Mais non mais non.

Marie et Fred font mine de rire, ah ah ah.

Moi
Et les chevaux !

Je parlais comme ma mère, je reprenais ses mots sans pouvoir faire autrement. Plutôt, ce sont ses mots qui prenaient le pas, ils sortaient comme malgré moi, au galop. Ils parlaient à ma place avant même que je les pense, je ne pouvais ni les retenir ni les trier, un syndrome de La Tourette en moins salace et ordurier, les mots prenaient le pouvoir et je leur faisais confiance, je leur devais tout, c'est eux qui m'avaient inventé.

Je ressentais un trouble étrange. Maman était en moi, je l'avais gobée, je devenais elle. Elle et moi étions en osmose, j'avais ses intonations, ses arguments, sa verve, son phrasé.

Je me suis évanoui sur le sol du restaurant.

Je me suis réveillé, j'ai ouvert les yeux. Couché sur le carrelage frais, un peu de sang coulait de mon arcade sur le sol. En contre-plongée, je voyais penchés sur moi les visages inquiets de mes amis murmurant des mots rassurants.

Marie
Ah, vous nous avez fait très peur !

Fred
Bah alors mon chou, elle est tombée dans les prunes ?

La journaliste
Marcel, vous sentez-vous mieux ?

Moi
Les artistes et la résistance…

Fred
Qu'est-ce qu'elle dit ?

Marie
Vous êtes drôle, Fred.

Patrick Swirc
Je fais la photo, bouge pas, bouge pas. Non ! Touchez pas au sang ! Ta ta ta ta ta ta, je shoote, c'est bon, bon, bon, bon !

J'avais écrit « Maman » dans la flaque de mon sang.

Entre-temps une âme charitable avait appelé mon médecin traitant.

Le docteur Szmania
Un malaise vagal. Tu es stressé, mon p'tit vieux.

Fred
Sa mère est à l'hôpital, ça le préoccupe.

Marie
Je vais annuler les rendez-vous.

Moi
Non, ça va aller, on va honorer nos rendez-vous, pas de souci. Faites-moi un shoot d'Acupan, c'est une baisse de régime. Je vais faire gaffe, je dors mal et les allers-retours à l'hôpital me fatiguent. Je vais m'installer avec ma mère.

Le docteur
Bon, bon, OK. Tu vas quand même passer un électro et un cliché des poumons. J'aime pas trop les malaises comme ça, je te fais un arrêt de travail.

Moi
Non, non, pas besoin.

Le docteur
Je te pose pas la question, je te le dis. La prochaine fois tu vas avoir droit à un arrêt cardiaque.

Moi
Quand on tombe de cheval, on remonte dessus.

Fred
Poil au cul. Oh ! pardon.

Marie
Merci, docteur Szmania.

Le docteur
Tu pourrais me signer ton livre pour ma sœur ? Elle l'a adoré, c'est son anniversaire. Trente-cinq ans.

Moi
Oui, avec joie. Son prénom ?

Le docteur
Simone.

Moi
Pour Simone, joyeux anniversaire. Amitiés. Voilà.

La journaliste
On va s'arrêter.

Moi
Non, je voudrais vous parler des lumières de Paris et aussi de mon indignation sur la façon dont on traite les animaux. Les abattages, c'est inhumain. Je ne suis pas sur les ragots sociaux, mais je dois avouer que, grâce aux comptes Instagram de certains défenseurs de la cause animale, j'ai pu découvrir comment nous torturons

les animaux, et que ce qui est nécessaire pour alimenter la grande distribution est d'une cruauté égale à celle des massacres à grande échelle commis par les hommes sur cette planète, comparable à des génocides. Demandez à Jean-Paul.

La journaliste
Jean-Paul ?

Moi
Jean-Paul, oui. Vous avez entendu parler de cet homme ? Eh bien, au lieu de perdre votre matinée à m'interviewer, c'est lui, Jean-Paul, qui devrait avoir la quatrième et la une non seulement de votre journal, mais de tous les journaux de France et même d'Europe. Lui, il sait.

La journaliste
Vous avez son contact ?

Moi
Oui, c'était un ami de mon père, Schweppes, alias le docteur Schweitzer qui a sauvé des femmes et qui m'a mis au monde, le regretté Schweppes. Oui, donnez ma quatrième de *Libé* à Jean-Paul, lui, il en vaut la peine.

La journaliste
Et un entretien croisé ? Vous et Jean-Paul ?

Moi

On est pas des *people*, ni moi ni Jean-Paul. Jean-Paul est un homme libre et révolutionnaire. Je serais honoré de faire cet entretien avec lui, mais aucune censure. On publie tout, l'intégrale. Si Jean-Paul accepte, je suis votre obligé.

La journaliste

Vous voulez relire le papier ?

Moi

Non, Marie vous aime beaucoup, vous relirez avec elle.

La journaliste

Quel est votre animal préféré ?

Moi

La jument.

La journaliste

Merci, j'ai tout ce qu'il me faut, je garde tout. Marie, il est en forme, ton auteur, il fait un malaise vagal et il continue l'entretien.

Patrick Swirc

J'ai fait dix photos mais la septième, la main sur la nuque, les yeux clos, c'est la meilleure, avec le sang sur le carrelage. La six est bien aussi, les yeux qui s'ouvrent, l'air hébété genre écrivain couché sur son lit de littérature, l'encre rouge sortant de son crâne pour écrire sur les pages du sol terrestre... On a la photo, pas besoin de shooter plus loin. Je remballe, je suis déjà sur ma moto, je pars en Birmanie pour *Air France magazine* et je reviens, terminus.

Swirc parlait si vite que je voyais ses mots de dos à peine les avait-il prononcés. Moi je parlais comme Maman, je me faisais peur un peu. Mais au fond j'étais heureux de lui ressembler autant, qu'elle prenne place en moi, qu'elle vive dans mon âme, dans ma voix, dans mes visions.

La vibration dans la poche de ma veste fit rebattre mon cœur.

19

Même endroit.

C'est Cécile qui m'appelle depuis l'hôpital où elle a passé la nuit avec ma mère.

CÉCILE
Tu as fait un malaise ?

MOI
Oui, et toi ?

CÉCILE
Tu ne crois pas si bien dire.

MOI
C'est Fred qui t'a prévenue ?

CÉCILE
Non, c'est ta mère, figure-toi.

MOI
Comment elle a su ?

Cécile

Elle a eu un pincement au cœur. Elle a regardé ta photo sur sa table de nuit, puis elle m'a dit : « Cécile, appelez Marc, il s'est passé quelque chose, il a fait un malaise, je le sens. » Je te la passe.

Maman

Mon p'tit rat.

Moi

Oui, Maman.

Maman

Bon, bon, ça va ?

Moi

Ça va.

Maman

Non, ça va pas, mais c'est normal. Tu commences à sentir quelque chose ?

Moi

Oui.

Maman

Tu sens ce que je sens ?

Moi
Oui, je crois que je…

Maman
Tu penses des choses que je pense ? Tu dis des choses que je dis ?

Moi
Voilà.

Maman
Ça commence. La transmission. Ça veut dire qu'il ne nous reste plus que quelques jours, une semaine, peut-être.

Moi
Comment ça, Maman ?

Maman
Mon âme passe dans ton âme.

Moi
Je veux pas, Maman.

Maman
C'est une chance, mon rat.

Moi
J'arrive.

Maman

Pas encore, mon rat. Tu dois rester seul et tu dois aller voir l'arbre. Moi, je dois régler une chose ou deux avec Schweppes.

Moi

Schweppes est mort il y a cinq ans.

Maman

Et alors, il y est pour rien, le pauvre. Il va passer me voir pour un rendez-vous terrestre. Quand tu as pas fini une conversation ou que quelque chose n'a pas été au bout dans le monde du vivant, on se doit de l'achever avant le grand voyage. C'est pas dans l'avant-paradis que ça peut se faire, dans la précipitation, sinon tu risques une migraine dans l'Après, un acouphène. Ou une sciatique. Et, pour une jument, une sciatique, c'est pas possible, tu comprends ?

Moi

Pas très bien, Maman.

Maman

C'est normal, tu viens de t'ouvrir le crâne, c'est épuisant de prendre une âme. Quand j'ai recueilli Majuman, j'ai dormi vingt-neuf jours virgule cinq. Une lune complète. De la nouvelle au premier croissant, du premier quartier à la gibbeuse croissante, puis de la pleine lune à la gibbeuse décroissante, le dernier quartier et enfin le dernier croissant. C'est le temps d'incubation pour recevoir une âme d'amour. Quand la lune croît, elle est en D. Quand elle décroît, elle est en C. Si mes calculs sont bons, et ils le sont, crois-moi mon rat, le jour de mon départ et de la passation sera le 17 janvier. Ou, si on a encore des choses à régler, ce qui est le cas vu ta lenteur légendaire et ta peur de t'assumer comme un enfant irresponsable, ou plutôt comme le cheval que tu ignores être en réalité, on peut faire ça le 15 février, pour l'éclipse solaire de la nouvelle lune. Elle est en Verseau, c'est un tournant positif, une bouffée d'air frais. Ça m'arrange. Quoi qu'il arrive, le 17 janvier, c'est dans trois jours. On n'est pas prêts, visiblement. Schweppes est toujours en retard, il a toujours lambiné, c'est un scientifique dans la lune, H24. Et toi, t'es pire que lui. Pas un pour relever l'autre, j'ai du mérite, tu sais. Donc je décale mon départ au 15 février, 22 h 15. Ça nous laisse un petit mois de préparation. Tu as des choses à faire, à voir et à lire. Tu devrais y arriver. Je te laisse trois semaines. Tu viendras dormir près de ta Maman, la semaine qui précède le départ. L'énergie sera gravitante, mais c'est sans gravité. C'est une énergie aimante. L'influence est forte, profonde, cette éclipse nous pousse à nous éloigner un peu de notre façon habituelle de voir les choses pour adopter un point de vue plus élevé. Tu devrais y arriver, non ? Une conscience nouvelle, j'aime pas le mot supérieur, ça fait j'me la tape. Un sens de l'unité, toi et moi, mon rat, forger ce lien qui nous unit pour toujours, mon chat, notre nature commune, mon loup ; conscients de nous, ensemble. Une renaissance, ça va être follement amusant, mon p'tit ch'val. Si tu me crois pas, demande à Cochise ou Geronimo, ou relis *La Saga des Béothuks*. Je t'aime, mon rat. C'est parti mon kiki, tu seras prêt pour le 15 février !

Moi
Oui.

Maman
C'est ça ou tu resteras un adulte. Ce serait quand même moche d'en arriver là.

Moi
Je t'aime ma…

Maman
Majuman.

Moi
… man.

Elle a mal raccroché le combiné, et je l'ai entendue dire à Cécile : « Il est en train d'accepter l'idée peu à peu… Vous devez l'aider, Cécile, c'est important pour lui, pour son écriture. C'est un saut périlleux, celui de l'enfance. Il est tellement plus facile de tomber tout cru dans la gueule du monde des adultes. Il ne mérite pas de s'éloigner de lui. Sa retombée en enfance est un choc, mais il n'a pas le choix, il ne le sait pas encore. Mais c'est écrit dans le ciel, Cécile. Regardez cette nuit, minute après minute, vous pourrez le lire, les étoiles vont écrire, ça va durer vingt et une secondes ou quarante-deux secondes. L'équivalent du poids de l'âme pour la circonstance. Il se peut que les astres ajoutent à son âme celle de son âme sœur, la vôtre, chère Cécile. Si cela dure vingt et une secondes, cela voudra dire que votre âme n'est pas encore alignée. Si cela dure quarante-deux secondes, cela voudra dire que vous êtes alignés et que, réciproquement, son âme est votre sœur comme la vôtre pour lui. C'est un bon garçon, vous savez ? »

Cécile a répondu : « Oui, je sais. »

J'étais K.-O. La batterie de mon portable a rendu l'âme.

20

Je marchais sur le pont des Arts. En traversant le quai en direction du Louvre, je me suis immobilisé au beau milieu. Une voiture noire de la Fashion Week a pilé devant moi et la circulation s'est figée. Une femme, qui ressemblait à Catherine Deneuve, une cigarette à la bouche, est sortie de la Mercedes et m'a rejoint au milieu des pavés du milieu de la chaussée. À l'oreille, elle m'a dit : « Marcel, c'est Catherine. »

Elle m'a fait tirer une bouffée de sa cigarette en prenant mon bras. Elle m'a fait traverser en fredonnant à mon oreille une chanson douce.

La femme qui ressemblait à Catherine Deneuve

Le petit ch'val dans le mauvais temps, qu'il avait donc du coura-a-ge, c'était un petit cheval blanc, tous derrière, tous derriè-è-re, c'était un petit cheval blanc, tous derrière et lui, devant…

Elle a conduit mes pas.
Elle a touché ma joue.
Elle a serré mon bras.
Elle a mis son foulard autour de mon cou.
Elle a séché mes yeux.
Elle a refait mon lacet.
Elle a mis sa main dans mes cheveux.
Puis elle m'a embrassé.
Puis elle a dit :

La femme qui ressemblait à Catherine Deneuve
Je vous note mon numéro, si vous avez besoin de moi, utilisez-le.

Moi
Merci, Catherine.

La femme qui ressemblait à Catherine Deneuve
De rien. Ça va, je peux vous laisser, les voitures sont immobiles et m'attendent. Elles retiennent leur souffle. Mais le flot des automobiles ne se retient jamais bien longtemps, vous savez, ainsi va le monde…

Je me suis assis sur le banc que la femme qui ressemblait à Catherine Deneuve avait choisi pour moi. Je me suis retourné un instant et, quand j'ai dit : « Merci beaucoup », j'ai vu la femme qui ressemblait à Catherine Deneuve de loin repasser sous l'arcade qui mène au quai, son parfum d'opium flottait comme un voile pourpre, de son cou jusqu'à mes narines. Je me suis assis dans la Cour carrée du Louvre. J'aime m'y asseoir. Les bruits de voitures n'y entrent pas. Seules les mélodies de flûtes et de violoncelles jouées par des musiciennes sous les arcades volent dans l'air pur et frais de cet espace libre. J'aime y rester comme en suspension. Les gens passent avec légèreté, échangent des messes basses et ont l'air d'amoureux éternels.

Le silence sur la musique,
la musique dans l'air,
l'air sur les peaux,
les peaux sur les mots,
les mots sur les pierres,
les pierres sous les pas,
les pas sur le temps,
le temps sur les statues,
les statues dans nos rêves,
nos rêves sur le ciel,
le ciel sur nous,
nous qui marchons au hasard.

Je ne sais pas comment je suis arrivé devant ma porte.

Je suis allé sous la douche, j'ai ouvert le robinet et me suis assis, laissant tomber la pluie chaude.

L'eau coulait au ralenti, chaque goutte me tombait dessus lentement et éclatait comme une vague sur le rocher de mon crâne. Les déferlantes chaudes envahissaient mon corps, le réchauffant, et l'air qui venait de la fenêtre ouverte me faisait en même temps frissonner. J'ai tendu la main vers la bouteille de shampoing et me suis massé la tête. Assis en tailleur, je me suis savonné pendant de longues minutes puis je me suis couché en position fœtale dans le carré de faïence. La pluie chaude tombait toujours, l'eau savonneuse s'écoulait en Coriolis vers la droite puis s'inversait en coulant vers la gauche, comme si dans mon immobile position prénatale je passais de l'hémisphère Nord à l'hémisphère Sud. Je me suis endormi et j'ai laissé flotter mon corps dans cette rivière circulaire qui me portait comme une feuille dans un tourbillon. Je sentais la pluie tropicale me masser comme une acuponcture aquatique, un *shiatsu*, et je me voyais, jeune Indien de Terre-Neuve en canoë, attrapant des oiseaux avec mes filets sur les murs des falaises. Je sentais la neige me recouvrir et les élans me passer dessus. Je voyais des Vikings et une jeune Indienne qui courait pour échapper à d'autres Indiens hostiles. J'étais amoureux, je pleurais dans l'eau et mes larmes disparaissaient dans le cours boueux d'une rivière déchaînée. J'étais un Peau-Rouge poursuivi par des visages pâles de colons qui voulaient toucher la prime offerte pour mon scalp de jeune chef. Je nageais comme un poisson pour regagner la dernière rive où m'attendait ma jument blanche aux yeux bleus. J'étais à bout de souffle mais je sentais que tout était possible.

La sonnette s'est mise à retentir de façon continue, comme si quelqu'un s'était endormi sur le bouton. Je l'entendais, malgré mes oreilles remplies d'eau chaude, je ne voulais ni répondre ni cesser de rêver, et puis j'ai ouvert les yeux, plein de pluie, je voyais flou mais j'ai pu lire l'heure sur le poste radio posé sur une étagère de la salle de bains.

Seize heures trente.

Merde. Je nageais dans ma douche depuis deux heures. J'ai tendu le bras pour couper l'eau. J'ai eu du mal à déplier mes genoux endoloris, mes jambes paralysées, mon dos douloureux, mes bras pris de frissons. La peau de mes doigts et de mes orteils fripés d'être restés trop longtemps dans l'eau ne ressentait plus rien. À la porte, j'ai crié des mots naïfs comme un Indien qui parle le langage du visage pâle.

Moi
Moi venir, moi venir !

La sonnette continuait.

Moi
Oui, moi couvrir mon corps, moi venir !

La sonnette continuait.

Moi
Moi ouvrir !

J'ouvre la porte et je vois le visage de Cécile.

Moi
Entre, je vais passer une chemise et un pantalon, fais-toi un café, j'en ai pour deux minutes. Fais pas attention, y a des livres et des disques partout. Fais-toi une place, tu peux remettre Brassens, s'il te plaît ?

Cécile
Je change de face.

Moi
Comme tu veux.

Je chantais avec Georges Brassens : « Je n'avais jamais ôté mon chapeau / Devant personne, / Maintenant je rampe et je fais le beau / Quand elle me sonne. »

Cécile
Ta mère est une personne de grande qualité, Marcel. Nous avons beaucoup parlé, tu sais, Marcel. Il est dégueulasse, ton café.

Moi
Je sais.

Cécile
Que ton café est imbuvable ou que nous avons beaucoup parlé, ta mère et moi ?

Moi
Les deux, Cécile, les deux. J'en refais du nouveau, celui que tu bois a bouilli, café bouillu café foutu, dit ma mère.

Cécile
Et tu en penses quoi ?

Moi
Je pense comme toi, Cécile.

Cécile
Arrête tes conneries, Marcel.

Moi
Je suis sérieux, Cécile. Je pense comme toi que ma mère dit n'importe quoi. Mais toi, tu penses que peu importe, c'est un bon sujet de livre. Et Maman partage ton point de vue, d'ailleurs. Si la question est : « Est-ce que ma mère croit à ce qu'elle invente ? », ma réponse est : « Je ne sais pas mais il y a des chances que le goutte-à-goutte

soit chargé et qu'elle raconte une vie rêvée. » Un rêve qu'elle fait depuis longtemps et qu'elle ose formuler sous les effets de la drogue.

CÉCILE
Il n'y a pas de drogue, elle n'est pas sous morphine. Il y a de l'anticoagulant, des vitamines, du magnésium, mais rien de fort ou d'hallucinogène.

MOI
Tu déconnes.

CÉCILE
Bah non.

MOI
Elle dit n'importe quoi, tu es d'accord ?

CÉCILE
Évidemment.

MOI
Non, ne me dis pas que tu crois à toutes ces conneries ?

CÉCILE
Non, bien sûr. Mais c'est troublant.

MOI
Troublant ? C'est ma mère, Cécile. Elle me

dit qu'elle a douze ans, mais surtout qu'elle est devenue sa jument, qu'elle a des conversations avec les heures, la pluie, les arbres, qu'une étoile est tombée dans son jardin, qu'elle a été sourde et muette et que Schweppes, qui est mort et enterré depuis cinq ans, va passer avant le grand voyage, et que nous, elle et moi, devons nous aligner sur le cycle de la lune pour procéder à la passation des âmes. Oui, Cécile, c'est troublant, et j'en oublie. Je vais de surprise en découverte. Je ne sais même plus où j'habite et ma mère va mourir. Qu'est-ce que tu veux que je te dise ? Si tu veux m'annoncer que tu penses que ma mère ne perd pas la boule et que tu crois à tout ce qu'elle raconte, je te conseille de consulter.

Cécile
Bah, avoue que c'est troublant.

Moi
Arrête avec ce troublant, Cécile, tu m'angoisses. Ne va plus la voir, tu vas faire un *burn*.

Cécile
Je dois déjeuner avec elle.

Moi
Putain, t'es zinzin, ça y est, tu dérailles.

CÉCILE

Je te signale, Marcel, que c'est toi qui prends une douche de deux heures et qui parles comme un Indien, pas moi. J'essaye de comprendre.

MOI

Ma mère a perdu la raison, c'est assez dur comme ça, alors épargne-moi tes inepties. Je t'en supplie, va à ton bureau, tu es éditrice, tu as une famille, ressaisis-toi. T'as une mine de merde, va chez le coiffeur, va faire un soin, un *shiatsu*, une manucure. Remets ton costume de patronne et oublie mon livre, ma mère et moi, fais-moi plaisir.

CÉCILE

Je comprends, c'est un choc, Marcel.

MOI

Mais t'es dingue !

CÉCILE

J'y vais. Tiens, ta mère a écrit une lettre avec des instructions. Lis et on se parle.

MOI

Mais va-t'en, Cécile ! Fous-moi la paix ! Ne me rappelle pas pendant sept ans, tu es givrée, tu dérailles sec ! Tu sais où est la porte par laquelle tu es entrée, oui ? Alors tu la reprends et tu te barres de chez moi !

Cécile
Détends-toi, j'y vais. Tu es sous le choc, je te rappelle.

Moi
Non !

Cécile
Je dépose la lettre de ta mère sur la table basse, prends ton temps.

Moi
Arrête de me parler comme à un débile, Cécile.

Cécile
J'y vais.

Elle est sortie. Je suis resté hagard. Je suis allé à la porte, je l'ai ouverte. Les pas de Cécile résonnaient dans l'escalier. J'ai crié :

Moi
Voilà, barre-toi ! Ne me fais plus chier, Cécile ! J'arrête, je n'écris plus ! Je vais faire vœu de silence chez les sœurs, oublie-moi !

La porte d'en face s'est ouverte et le voisin dermatologue a surgi.

Le voisin

Faut pas hurler, mon grand, j'ai des patients, des enfants, des gens, gardez votre calme !

Moi

Toi, tu me fous la paix, OK ? Tu veux te battre ?

Le voisin

Vous n'êtes pas dans votre assiette, vous.

Moi

Voilà, bonne analyse. Je perds ma mère, mon boulot, la boule et mes nerfs. Rentre chez toi ! Je suis à deux doigts d'avoir envie de me castagner comme un connard !

J'ai claqué ma porte et je me suis mis la tête dans le frigo vide, la joue posée sur l'étagère en plastique. Ça m'a calmé, j'ai retrouvé mon sang-froid et j'ai pleuré des stalactites. Puis je me suis assis en tremblant sur mon sofa. J'ai fixé l'enveloppe en serrant les mâchoires. Dessus, il y avait écrit : « Pour toi mon rat. Ta mère. »

21

Mon p'tit rat

J'espère que toutes mes histoires ne te perturbent pas trop et que tu commences à sentir le passage de mon âme vers la tienne. Je m'y suis préparée. Je sais que, pour toi, c'est un choc, mais il faut calmer le jeu, c'est pas la fin du monde, bien au contraire. C'est un grand rendez-vous que nous avons, toi et moi, mon rat. Je dois tout mettre en ordre de mon côté, j'y suis presque. Mais toi, tu as des choses à faire, si tu veux bien me faire confiance.

1. Il faut que tu appelles Schweppes, il a des choses à te dire, des choses d'hommes, c'est important. 01 42 65 87 80. Tu laisses sonner trois fois, tu raccroches, tu rappelles, laisse sonner deux fois, tu raccroches puis tu rappelles, tu laisses sonner une fois, puis tu rappelles et Schweppes va décrocher. Assieds-toi, c'est un conseil, je te connais, tu risques de tourner de l'œil.

2. Il faudra que tu ailles à la maison et que tu fasses un voyage. Tu verras, c'est formidable.

3. Il faudra que tu fasses mes adieux à quelques objets, arbres, fleurs, animaux, et une petite parlotte avec les heures quand elles passent.

4. Tu devras dire quelques mots dans chaque pièce de la maison et à l'écurie.

5. Puis, avant de partir, quelques mots à l'endroit où Majuman est morte.

C'est pas compliqué.

Tu vas recevoir une lettre par jour et je te dirai quoi faire et quoi dire exactement.

Je t'aime mon rat.

Majuman, ta vieille mère de douze ans.

P.-S. :

Ferme la bouche, les mouches vont entrer.

J'ai fermé la bouche, qui était en effet grande ouverte.

22

J'ai téléphoné à Schweppes, suivant les instructions de Maman. Mais personne n'a répondu.

Le lendemain, quelqu'un a glissé une lettre sous ma porte. J'ai ouvert. Personne. J'ai vu vaguement une silhouette, celle de Franck, sans en être certain. Il ressemblait à la statue de Balzac drapée dans un peignoir. J'ai téléphoné à Cécile, elle ne décrochait pas son portable et, au bureau, la secrétaire m'a dit qu'elle était absente, injoignable, à l'étranger, ça sentait pas le vrai. Dans l'enveloppe, une lettre de ma mère avec des instructions et un plan de la maison de Schweppes.

J'ai continué inlassablement, chaque demi-heure, à téléphoner à Schweppes. Sans succès. J'ai réessayé de téléphoner à Cécile, sa secrétaire me disait qu'elle était chez la manucure, chez le coiffeur, au parc avec ses enfants, chez le médecin, en réunion, en déplacement. Bref, elle ne voulait pas me prendre en ligne. J'ai essayé Franck qui, lui, m'a répondu.

Franck
Allô ?

Moi
C'est Marcel.

Franck
Comment vas-tu ?

Moi
C'est toi qui as glissé une enveloppe sous ma porte ?

Franck
Oui. Les enveloppes arrivent de la chambre 36 aux éditions, Cécile me les fait passer et je les glisse. Cécile m'a dit que tu étais d'une humeur de chien et qu'elle avait peur, peur que tu t'arrêtes d'écrire, peur que tu fasses une connerie, peur que tu perdes tes nerfs, etc., etc., etc. Elle m'a demandé de faire le coursier breton, non je déconne, de faire le messager et j'ai d'abord dit non. Elle m'a dit que c'était important pour elle, pour toi, pour ta mère, alors je suis allé voir ta mère.

Moi
Tu es allé voir ma mère ?

FRANCK
Oui, elle m'a tout raconté.

MOI
Et alors ?

FRANCK
Et alors ça se tient.

J'ai raccroché.

23

Ma voiture est ouverte, pas besoin de la clef. À peine suis-je assis qu'elle démarre seule. Je ne conduis pas, c'est elle qui décide quand mettre le clignotant à gauche, à droite, elle qui bretelle, qui autoroute, qui péage, qui s'arrête à la station. Moi, je glisse ma carte, je mets du pétrole, j'avale un café et je paye à la caisse mon paquet de sèches et mes gâteaux secs. Elle repart, automobile, boîte à déplacement, comme automatiquement vers la maison de Schweppes et Maman, vers la barque bleue. Ma caisse se gare toute seule, je suis dans une réalité relative.

À la radio, Jacques Pradel parle. Cette fois il ne s'agit pas d'une affaire criminelle, c'est l'émission « Les aventuriers de l'impossible », qu'il anime avec son partenaire Henri Gougaud.

Jacques Pradel

Il est question du lien entre les hommes et les chevaux. Henri, vous avez des témoignages troublants qui remontent au Moyen Âge et qui nous indiquent que la transmission, la communication existerait bien entre les hommes ou les femmes et les chevaux.

Henri Gougaud
Oui, certaines histoires racontent des conversations, des relations fortes entre le cheval et l'homme ou la femme, et ce même bien avant le Moyen Âge. Marc Aurèle déjà aurait eu des conversations fréquentes et riches avec sa monture.

La sueur coule de mon front sur mes tempes et dans mes yeux. C'est à ce moment très précis qu'un cheval traverse la route. La voiture fait une embardée mais évite les tonneaux de justesse. Le cheval s'est arrêté.

Le véhicule se gare sur le bord de la route. Je sors et je tourne la tête vers l'animal qui me regarde dans les yeux. Je m'approche de lui. Il n'est pas effrayé. Calme, serein, doux.

Moi qui ne sais pas monter, je parviens pourtant à grimper sur son dos et il prend la direction de la maison de Schweppes. Il reste deux kilomètres. C'est un ardennais gris et large, sept cents kilos peut-être. Sa crinière grise touche le sol ainsi que sa queue. Bercé et détendu, je plonge dans un sommeil que je ne connaissais plus.

Il s'est mis à neiger, un rêve blanc. J'ouvre les yeux, les flocons tombent sur mon visage à l'envers. Le cheval s'est arrêté devant la porte, j'en descends et il gagne la prairie au trot. J'entre dans la maison et, machinalement, je compose le numéro indiqué dans la lettre de Maman.

Un téléphone se met à sonner dans la maison froide.

Je me dirige dans les méandres des longs couloirs de mon enfance pour m'approcher du téléphone qui sonne. Ça vient du bureau de Schweppes. Je marche lentement, comme si j'avais peur de le croiser, peur que ma mère dise vrai, peur d'être devenu fou. J'ouvre délicatement la porte du bureau et je coupe mon portable. Le téléphone noir en bakélite s'arrête net. Je m'assieds derrière le bureau. J'ai devant moi un cendrier avec des mégots de Peter Stuyvesant rouges, les cigarettes que fumait Schweitzer, alias mon beau-père, des notes sur les étoiles et des formules mathématiques, un exemplaire de *Madame Bovary*, une photo de Maman avec sa jument, une photo de moi à sept ans, les restes d'un sandwich au pastrami, un chandelier à sept branches. Sur un mur un tableau noir est couvert de formules et de chiffres. Un globe terrestre éclairé de l'intérieur, des tonnes de revues, de livres et de manuscrits couvrent le sol et le tapis. Une photo de Prévert dédicacée « À mon ami fidèle, Schweppes, et à sa jument divine, aimons-nous les uns sur les autres, votre ami Jacques Prévert ». Dans la pénombre, un stradivarius enveloppé dans un carré Hermès, mité par endroits, une maquette de voilier, des dessins de Giacometti, un tourne-disque, des vinyles de jazz, un crâne humain avec une chandelle dessus, des romans, des livres de sciences, des dictionnaires médicaux, des livres sur la Grèce, l'Égypte, l'Afrique, un portrait de Martin Luther King, une photo en noir et blanc d'Ingrid Bergman ainsi que deux statuettes en bronze de tirailleurs algériens et sénégalais, une bouteille d'angelus.

Bref, le bureau de Schweppes.

Je recompose le numéro, et le téléphone se remet à sonner.

Sauf que le fil pend dans le vide et n'est pas relié à la prise dans le mur.

Totalement ahuri, je m'étends sur le sofa de velours vert et je m'endors pour échapper à mon angoisse.

24

Après un sommeil sans rêves, il faut que je sorte. J'ai trouvé dans un tiroir quelques fumigènes de marque anglaise. J'en allume un et j'avance à travers le grand jardin envahi par la végétation. Je suis l'allée sous la pergola qui me conduit jusqu'au ponton où la barque m'attend.

Je vais comme un amant perdu, un enfant qui n'a plus de voix, une ombre lente, un inconnu, un homme qui ne se reconnaît pas.

Je ne vais ni de travers ni vraiment tout droit et je monte dans la barque sans rames qui semblait m'attendre. L'embarcation bleue Matisse prend déjà le large, portée par les courants qu'accompagnent les poissons de toutes sortes, brèmes, tanches, gardons et carpes, goujons, brochets et serpents d'eau, ablettes. Les oiseaux chantent sur des tons différents des notes de Chopin, de Satie, de Mozart, de Bach et de Debussy, les arbres se penchent, accompagnant ma lente course en nous aidant de leurs branches, invitant les rayons du jour à travers elles à se réfléchir dans le miroir de la rivière, où je laisse traîner ma main. Je croise parfois, entre les algues, mon visage Picasso qui passe d'une forme à une autre. Et tandis que je me couche dans le fond de la barque où l'eau pénètre par endroits, je m'entends murmurer d'une voix nouvelle, une voix que je ne me connaissais pas jusqu'alors : « Maman a raison, je ne suis pas seul, tout ça est une conversation, tout cela parle en moi depuis toujours peut-être. Et je n'entendais rien. »

La barque dérive doucement puis s'échoue sur une plage de sable jaune. Un arbre me tend sa branche pour m'aider à prendre pied sur la rive tendre et fraîche. Un chemin se dessine devant moi à mesure que j'avance. Je marche sans effort, et sans chercher de raison ni de but à cela.

Et enfin je me retrouve face à lui.

L'arbre aux branches qui repoussent dans le sol.

Je me couche à ses pieds, sur la mousse, laissant les choses se faire naturellement. Je me sens presque bien, presque calme. L'arbre respire et je respire à son rythme. Maman m'a tellement parlé de cet arbre comme d'un ami fidèle qui répondait à ses questions par d'autres questions.

25

Cécile

Il faut trouver un lieu pour une explication au sommet, sans pièces d'à côté, sans murs qui ont des oreilles, sans témoins, sans traîtres, sans félons, sans voleurs de littérature ni de chevaux !

Moi

Tu parles comme elle, tu deviens folle, il va falloir te piquer ! Tu souffles, tu hennis !

Cécile et moi n'arrivions plus à nous parler, il nous fallait un médiateur.

Nous nous sommes retrouvés au Louvre pour un entretien ultra-confidentiel, dans le frimas d'une matinée sans saison précise. Nous avions rendez-vous avec Franck. Il s'agissait de faire le point sur ma situation, et aussi de tourner en rond dans cette Cour carrée que nous aimions pour sa situation silencieusement stratégique. Le temps s'y reposait, le monde y faisait la sieste, la vie nous attendait, posée là, comme un recueil de Verlaine. On se sentait pousser des ailes et on espérait y voir plus clair.

Je me suis lentement détaché de leur conversation tandis que la voix de ma mère remplaçait tous les pas des visiteurs, les murmures des vieux murs, les rires et les bruits des ballons sur les pavés. Les statues se donnaient la réplique avec les mots de celle qui m'avait donné la vie alors qu'elle allait bientôt rendre la sienne. Soudain, Cécile et Franck se tournèrent vers moi en même temps. J'ai compris qu'il fallait que je donne le change, que j'aie l'air de les avoir attentivement écoutés.

J'ai dis oui, affirmatif, positif, bien sûr, ouida. En réalité je ne savais rien, rien, rien, comme d'habitude, je n'étais prêt à rien, j'allais improviser.

À ce soir, non, à demain, après-demain, oui, je dois aller chambre 36, bien sûr, bien sûr, quoi d'autre ? Suivre sa destinée, voilà, ni plus ni moins.

Ni plus ni moins.

Mais en fait si, moins, beaucoup, beaucoup, beaucoup moins.

Moins de Maman, moins de j'arrive, moins de je t'attends, moins de câlins, moins de pas lents, moins de jardins, moins de tu m'entends ?, moins de c'est joli par là, moins de voix, moins de temps, moins bien qu'ici, moins bien qu'avant.

26

Chambre 36.

Maman continue à me raconter. Je n'entends plus les mots. Je les imagine. Je les crois sur parole. Maman parle et je respire tout ce qu'elle dit. Puis soudain elle s'arrête et lance : « Viens, on s'en va. »

À 23 heures, nous nous sommes échappés de l'hôpital. Maman était en chemise de nuit blanche. Elle a arraché le goutte-à-goutte, le sang ne s'est pas échappé de ses veines. Elle a détaché ses cheveux. Nous sommes sortis du bâtiment, elle m'a demandé les clefs de la caisse et elle s'est mise au volant puis m'a tapé une cigarette. Elle a démarré.

Moi
Où va-t-on ?

Maman
Au bout du monde.

Moi
Ah.

Maman
Dors, mon rat, je drive.

Je me suis endormi. Et puis je me suis réveillé. Nous étions entre quelque part et le bout du monde.

Maman
Cette route est l'une des plus belles. On va prendre les fameux raccourcis qui rallongent. La route est parfois au-dessous du niveau de la mère. Le bout du monde n'est plus très loin.

Maman a garé ma voiture et a sorti une clef de sa poche. Elle a ouvert la barrière qui donne accès au bout du monde. Tous les oiseaux de la planète se retrouvent là pour discuter, à l'écart des hommes, dans un avant-paradis.

Nous avons marché sur des chemins magnifiques, suivis par un cortège de battements d'ailes et de chants sublimes.

Maman
Enlève tes souliers, Marcel, il faut finir pieds nus.

J'ai ôté mes Kitsuné blanches. Maman était partie pieds nus de l'hôpital. Nous avons suivi le dernier sentier puis elle s'est arrêtée.

MAMAN
À partir de cette limite, ton ticket n'est plus valable, Marcel. Tu dois rester ici, moi seule dois y aller, à présent. Dis-moi au revoir et regarde.

MOI
Maman…

MAMAN
Si tu veux m'appeler Majuman, c'est maintenant, Marcel. Tu as encore le choix. C'est la dernière fois. Avant que n'arrivent les chevaux.

MOI
Je t'aime Mamaman. Je t'aime Majuman.

Mamaman s'est avancée dans la rosée de la prairie, vers la brume blanche du matin. Des chevaux en sont sortis par dizaines. Des chevaux blancs magnifiques. Ils se sont avancés au pas vers Maman. Parmi eux, j'ai reconnu Majuman, sa jument. Maman lui parlait à l'oreille. Sans les compter, j'ai su qu'ils étaient trente-six.

Alors les trente-six chevaux se sont mis à galoper autour de Maman. Les gouttes d'eau du sol se soulevaient comme un tourbillon de larmes, une sculpture de brume, une pluie de reflets que les oiseaux suivaient d'une danse aérienne. La voix de Maman disait : « Tu ne rêves pas, Marcel, tu réalises. »

Une fois ce ballet terminé, les oiseaux sont partis vers la mer. Les brumes et les pluies ont disparu, ainsi que les chevaux.

Maman était partie avec eux.

La lumière était bleue et le silence d'or. J'ai marché jusqu'à l'entrée de la réserve du bout du monde. J'ai refermé la barrière. Jean-Paul m'attendait.

Je suis tombé dans ses bras, lui dans les miens. Nos larmes décollaient de nos joues et dansaient dans l'espace léger de la matinée, montaient vers les oiseaux qui les buvaient dans l'air.

Jean-Paul

Il faut que tu me rendes la clef, je te la donnerai quand tu voudras pour rendre visite aux chevaux, selon le cœur de Majuman… de ta mère, je veux dire.

Moi

Tu étais au courant.

Jean-Paul

Je t'aime, Marcel. On va prendre un café et puis tu reprendras la route.

Moi
Oui, c'est bien.

Mon portable a sonné. L'appel provenait de l'hôpital. Une inconnue disait avoir le regret de devoir m'annoncer le décès de ma mère. J'ai répondu : « Oui, je sais, je suis au bout du monde mais je reprends la voiture et j'arrive. »

27

Ce fut un enterrement flou de larmes.

De joues mouillées qui s'embrassent.

De corps qui se serrent, de tremblements.

De mots désespérés de gentillesse comme des brindilles qui se cassent sous le vent doux de mai.

De câlins maigres et courbatus.

De visages dévisagés, défigurés, transparents de chagrin.

Ma chute à terre dans la chambre froide.

Le chaos de mes pas dans les graviers.

Mes bras abandonnés au vide.

Mon cœur sur le sol.

Tout était flou.

Inacceptable.

Un refus.

Une fin.

Un néant.

Un trou béant.

Un abîme.

Une obscurité.

Un mal de chien.

Une mémoire détruite, comme une ville après un bombardement.

Un champ de ruines.

Une tribu massacrée.

Un peuple décimé.

Plus d'amour.

Mon sang gelé.

Une odeur de perdu.

Une fumée grasse d'incendie de forêt.

Un royaume englouti.

Je meurs avec Maman.

Je n'existe plus.

Je respire par accident.

Je reste sans voix.

Je t'aime sans réponse.

Épuisé comme un cheval qui n'a plus la force de se relever.

Qu'on m'achève.

28

Il n'y a plus de chambre 36.
Je suis la chambre froide de la vie.
L'antichambre de la mort.
La chambre rouge d'un hôtel de passe à l'as.
La chambre d'ami d'une maison hantée.
La chambre d'un poète à l'agonie.
La chambre sous un toit sans toiture.
La chambre d'un enfant sans rêves.
Un cachot sans espoir.
Une oubliette sans limites.
Une chambre-tombe.

J'ai convoqué le marchand de sable qui nous vend de la poudre aux yeux à se mettre dans le nez, et j'ai fait livrer Nicolas.

Voilà.

Je bois, je fume, je bois, j'inhale de l'éther, je bois, j'avale des somnifères qui ne m'endorment plus, je bois, je prends des calmants qui ne calment rien, je bois, je respire des lignes blanches qui me plongent dans le noir, je bois, je siffle le fond des bouteilles qui ne me saoulent plus, je bois, je cul sec, je tousse, je crache, je picole, je bois, je descends, je tète, je sirote, je tise, je fume un paquet, deux paquets, je bois, je rallume des mégots, je bois, je tiens debout, je tiens à genoux, je tiens assis, je tiens couché, je bois, je retape, je bois sur les toilettes et je pisse le rouge, le blanc, le gin et le Jack, je ronge mes ongles, je mange mes peaux, je tombe avec ma bouteille, au milieu des autres, je bois dans mon alcoolisme, je nage dans l'odeur de nicotine, je plonge mon nez dans la poudre.

J'en ai plein le cul.

Je suis devenu con à finir dans la rubrique des accidents domestiques.

Je n'ai plus de talent.

Il a foutu le camp.

Je ris en pleurant du sang sur l'oreiller de ma vie morte.

J'ai rendu sa liberté à la femme de ménage qui ne pouvait plus me voir en peinture. J'ai dit à la concierge de ne plus me monter le courrier et de le faire suivre à ma maison d'édition, à mon comptable et à mon avocat selon le contenu. J'ai dit à la serveuse du café-tabac de me fournir en cigarettes. Je laissais du fric sur le paillasson et retrouvais des clopes à la place.

Je me suis cassé la gueule mille fois. Me suis écroulé sur le piano droit, volontairement, pour enregistrer le bruit des fragments symphoniques de ma descente aux enfers. J'ai mis le feu à mon lit, j'ai dormi dans la baignoire pleine de sardines à l'huile et de lait concentré. J'ai pissé debout sur le rebord de ma fenêtre, sur les cons qui passaient en bas en leur criant : « Fumiers ! Ordures ! Foutez-moi la paix avec votre bonheur de connards ! Est-ce que je suis heureux, moi ? Tirez-vous, enculés d'collabos ! Bande de salauds de gauche Petrossian ! Bande de professeurs de morale ! Je vous pisse dans l'cul ! »

J'étais au bord de l'overdose. J'avais envie de crever et je n'y arrivais pas. Je n'en avais pas le courage.

« Je vous pisse dans l'cul ! »

Cette phrase a été celle de trop.

J'ai perdu l'équilibre en voyant les gyrophares bleus, sous les cris stridents des deux tons, et c'est en lançant « CRS, SS ! » que je me suis vautré sur le balcon de cette salope de philosophe en carton qui passe sa vie au maquillage des chaînes d'infos, qui se prend pour Spinoza, Foucault et Muhammad Yunus réunis, et cause à longueur de plateaux d'experts en tout avec de faux révolutionnaires qui parlent de ma banlieue sans respecter la femme qui fait ses cinq prières par jour en apprenant à ses enfants à bien se tenir en république.

Mais voilà que par un de ces mystères dont il a le secret, c'est mister Franck mystère Maubert qui ouvre la porte aux policiers et leur lance : « Je m'en occupe, il ne va pas bien. Je m'en charge, merci messieurs, vive la République et vive la France ! »

Comme par miracle j'étais revenu à mon étage.

Honte de ce que j'étais devenu.

Indigne des chevaux de ma mère.

29

Déjeuner avec Frédéric.

Frédéric
Alors ?

Moi
Tu sais, Frédéric, je n'arrive pas à parler de…

Frédéric
Alors parle-moi de bateaux à voiles.

Moi
Je suis pas très bon en voile.

Frédéric
Parle-moi de ton prochain livre.

Moi
C'est sur ma mère, tu sais, elle est morte.

Frédéric
Elle est morte, oui, il y a six ans je crois.

Moi
Ah bon ? Six ans, déjà ?

Frédéric
Ou sept.

Moi
J'ai honte.

Frédéric
On parle pas de ça, si tu veux.

Moi
Je me sens coupable pour ma mère, de l'avoir abandonnée plusieurs fois. Et la dernière fut fatale. J'ai ce sentiment, tu sais.

Frédéric
C'est quoi, ton livre ?

Moi
Je réécris sa mort et sa vie, tu vois ?

Frédéric
Oui, je vois. Je suis pas complètement con et pas encore bourré, il est midi et demi.

Moi
Voilà. Ce sont ses dernières semaines à l'hôpital.

Frédéric
Tu sais, Marcel, quand mon fils est… mort… je suis allé en Suède, au nord du nord de la Suède, sous le cercle polaire, et je me suis assis dans une prairie de neige, sur une large souche. Je me suis endormi. Cette prairie est immense, un homme y vit avec quarante-cinq chevaux. Il savait ce qui venait de m'arriver, il m'avait laissé dormir, il devait jeter un œil de temps à autre avec ses jumelles, bref. J'ai roupillé comme un sac. Comme je ne dormais plus depuis des semaines, à marcher partout sans arrêt, sur les plages, dans les forêts, les rues, les chemins, les couloirs, les escaliers, partout où je pouvais, il fallait bien qu'un jour je m'endorme comme une souche. C'est ça. Mais au bout d'un moment, j'ai senti dans un rêve un souffle mouillé sur mon visage. Cela m'a sorti un peu du sommeil et j'ai ouvert un œil. Le soleil et la réverbération sur la neige ne me laissaient entrevoir que des trous noirs puis quelque chose m'a léché. J'ai compris que j'avais affaire à un animal. J'ai même pensé à un ours et par là même cru ma dernière heure arrivée. C'était un canasson. Il m'avait choisi, je suis monté dessus et j'ai passé des jours sur son dos. Tu comprends ?

30

Luleå.

À l'aéroport, un jeune homme de dix-neuf ans nous attendait. Il nous a fait monter dans un gros pick-up et il a démarré. La neige était partout. Il chantait en suédois une chanson lente et inconnue mais nous en comprenions le sens. Un chant d'ange de neige, de lumière et d'espace. Nous avons roulé tout droit. Un autre homme nous attendait, un homme sans âge, aux cheveux longs, il nous fit manger, boire du vin puis dormir dans des duvets. Nous avons dormi d'un sommeil de silence. À 7 heures, le lendemain, il nous a servi du café. Lui ne disait que quelques mots en suédois au jeune homme qui chantait. Puis nous sommes allés dans la prairie où les chevaux nous attendaient, comme s'ils étaient là depuis toujours. L'homme sans âge sella son cheval et le jeune homme chantant fit de même. Puis un cheval vint renifler Frédéric, et Frédéric lui mit une selle, un mors, des rênes et le monta pour partir rejoindre les deux autres derrière la grande écurie.

Je restais seul au milieu de la prairie. Je me suis allongé sans même en avoir la volonté, mon corps s'est allongé de lui-même, emportant avec lui tout ce qui me restait d'âme et de conscience abandonnée. Mon corps s'est allongé sur la terre froide et le crottin durci par le gel.

Mon corps et moi avons attendu sans attendre.

Le vent glacé s'est habitué à nous et mon cœur a pris le rythme du temps de là-bas. Je me suis laissé dériver sur la mer blanche des vagues douces et dans l'écume du cercle polaire. Je me suis laissé faire par la rotation de la terre, les yeux fermés. J'imaginais une main qui poussait la boule du pendule du Panthéon, et je penchais, étendu comme les heures intemporelles de la mémoire.

Un souffle tiède est arrivé sur mes cheveux, mon visage, mes vêtements, mes bras, mes mains, mes jambes, et puis le souffle m'a léché le front, la langue du souffle m'a ouvert les yeux. Au-dessus de moi, Don, un cheval, mon cheval, celui qui me choisissait pour faire le voyage.

Je l'ai sellé comme j'ai pu et je suis monté dessus.

Moi qui n'étais jamais monté sur un cheval, sauf en rêve sans doute.

Mon corps et le reste de moi sont montés sur Don. Les autres avaient disparu. Je n'étais même pas surpris. Je me suis dirigé vers les écuries. J'ai demandé au cheval de m'attendre, je me suis rendu compte que je lui parlais en anglais, Don m'a attendu dans la neige et le vent sec.

31

Don s'est dirigé vers la forêt et puis la neige est devenue de plus en plus profonde, de plus en plus imprévisible. Lui et moi allions sur des pistes incertaines, et le rodéo commença. Soudain, il s'enfonça jusqu'au poitrail, il soufflait, transpirait, faisait des efforts considérables pour nous tirer de là. Don était d'un courage inouï. Ses muscles se bandaient, luisant de transpiration, ses membres se tordaient, de ses naseaux gonflés et ouverts comme des pavillons de trompettes sortaient des ronflements de bravoure. Je le suivais de tout mon corps, épousant ses secousses. Il nous sortait de là puis, quelques mètres plus tard, ses membres inférieurs à leur tour brisaient la couche fine de givre à la surface de la neige, et nous basculions à la renverse. Je me penchais vers l'avant, lui chuchotant à l'oreille des mots d'encouragement comme je l'aurais fait à un ami, un frère, je lâchais les rênes et lui donnais des impulsions avec mon bassin. Je faisais tout pour accompagner ses à-coups successifs et sans plaintes. Il me semblait parfois qu'il aurait été capable pour nous sauver de se briser les jarrets. J'étais avec lui, il était avec moi. Cela dura une heure peut-être, nous prenions des pauses puis repartions pour un nouveau combat. Il se sortait de toutes les luttes, de tous les chaos, Don était héroïque et digne, humble et magnifique. Moi, épuisé de joie et d'admiration.

C'était Don. Je lui montrais mon caractère et lui me donnait le sien. C'était un jour d'éternité, un nouveau toujours.

Nous sommes arrivés dans la forêt et nous nous sommes mis à slalomer entre les arbres avec une précision absolue. Je le dirigeais délicatement, les mains souples. Mes genoux frôlaient le tronc des arbres sans jamais les toucher. Il était magnifique, je lui parlais sans cesse, lui faisais des compliments, lui disais qu'il était fort, beau, courageux, que c'était un honneur de chevaucher avec lui, que j'étais fier de lui, je le remerciais de me conduire.

« Allez, Don, on n'en a plus pour longtemps. »

Don me répondait. Je l'entendais, dans ses hennissements puissants et sourds.

À quelques mètres devant moi, j'ai vu Frédéric se démener avec son canasson et les autres membres de l'équipe. Notre chef de file était empêtré dans une crevasse. J'ai voulu descendre pour lui prêter main-forte, il m'a sommé de rester sur Don.

Je n'ai pas bougé. Il s'est débattu, faisant corps

avec son cheval, puis, après un combat de quinze minutes dans la profondeur blanche, ils s'en sont sortis.

Quelques heures plus tard, après avoir descendu le pan vertigineux d'une montagne de neige à travers les arbres, il nous fallut sauter par-dessus les étroites et profondes rivières d'eau glacée. Don a glissé et ses quatre jambes sont entrées simultanément dans le mince précipice d'eau. Il s'est figé quelques instants, saisi par la température, puis a commencé à se débattre. Il hennissait. J'avais sauté sur le sol à son côté, je lui parlais, je lui donnais du courage, lui ôtant la selle qui pesait lourd sur lui. Je tirais sur les rênes puis, passant à l'arrière, poussais son train. Les minutes étaient longues comme des tunnels de désespoir. Au bout d'un certain temps de lutte, fatigué, Don abandonna le combat comme un boxeur épuisé.

Il s'arrêta brusquement. Son corps entier, de la queue jusqu'à ses naseaux, tremblait calmement. De ses yeux perdus perlaient des larmes qui gelaient sur ses joues, sa crinière était saisie par le givre et des volutes de buée lasse s'échappaient de sa bouche. Je vis une main armée d'un revolver se poser sur la tête de Don et le silence envahit la forêt tout entière. L'homme au bout du canon était un compagnon et connaissait bien son cheval. Je l'ai supplié de suspendre son geste, d'attendre et d'essayer encore de le sauver. C'est alors que Don, dans un mouvement surnaturel, sortit une à une de l'eau ses jambes de devant. J'ai cru qu'elles allaient céder et se briser comme des branches gelées, mais ensuite ce fut la jambe arrière gauche, puis la droite. Nous l'avons frotté, frotté, frotté encore et encore, sur toutes les parties de son corps qui tremblait sans qu'on sache si c'était de froid ou de peur.

Je suis remonté derrière Frédéric et nous sommes repartis.

32

Au camp, le soir venu, nous avons mené les chevaux dans leur enclos. Don se tenait à l'écart des autres, il nous regardait fixement, comme s'il nous disait quelque chose de son silence fatigué.

Le sauna était en préparation.

Je regardais le lac immense et blanc, cette étendue gelée me semblait un espace de lenteur et de calme pour le repos de l'âme. Nous avions fait des trous dans la glace pour la pêche et nous avons bu des bières et des cocktails à la vodka directement en plongeant nos verres dans la neige, puis nous avons préparé le repas tous ensemble, chacun à sa tâche. Nous avons dîné, bu, mangé et bu encore.

Je suis sorti, le soleil se couchait et nous espérions les aurores boréales. J'ai observé le ciel et écouté mes pas qui craquaient dans la neige dure, pour me diriger vers les chevaux regroupés. Je me suis mis en face de Don, à quelques mètres de lui, le rapport était juste, sans mensonge. Je lui ai dit : « Tu es beau. J'ai eu peur. Et toi ? »

Par la fenêtre, à quelques mètres du feu, je voyais la lumière du sauna que j'avais presque oublié à force de vodka, et puis je vis que, sur le lac, une échelle descendait dans un trou large, directement sous la glace. J'ai pensé à une tradition scandinave de bain frigorifiant.

Après avoir chanté, bu, partagé des confidences sur l'état intime dans lequel nous étions chacun émotionnellement, nous avons débarrassé et fait la vaisselle, puis bu encore, et nous nous sommes dirigés vers le fameux sauna. Les filles avaient déjà pris le leur et étaient sorties nues dans la neige, direction l'échelle et le trou dans la glace. Nous nous sommes assis dans le sauna, certains naturellement assez détendus, d'autres assez enivrés pour que les barrières de la pudeur et des complexes disparaissent, sauf moi, mal à l'aise avec mon corps, la nudité et la promiscuité en général, et au milieu de nulle part sous le cercle polaire en particulier.

Le chef de l'expédition versait des lampées de bière sur les braises, comme si la vapeur dégagée par l'alcool frémissant sur le feu pouvait nous assurer un meilleur voyage vers la relaxation salutaire que nous avions bien méritée après cette longue journée à cheval.

Nous échangions en anglais, bien qu'avec des accents très différents. Alors que je mettais de l'eau sur les pierres et que la modeste serviette qui masquait mes attributs et mon arrière-train avait glissé, j'ai entendu : « Tu as un beau derrière, j'adore ton cul. » Je fus pris d'un frisson nordique au souvenir de rumeurs entendues sur les mœurs scandinaves en matière de sexualité. Des réminiscences de mon adolescence faisaient remonter des phrases du style « ils sont assez libres dans les pays du Nord ». Bref, je faisais un accès de parano. Je répondis : « *Ah ah ah, it's funny !* », mais le Suédois répliqua : « *No, really, you have a nice butt.* » Mais l'affaire s'est arrêtée là, car quelqu'un d'autre a lancé : « Maintenant, tous à l'eau ! »

« *I beg your pardon ?* » me suis-je écrié. Et là, j'ai compris que je ne pourrais échapper au baptême de l'eau glacée précédé de la balade nu dans la neige. « Si t'y vas pas, tu pourrais les vexer, me suis-je dit, on froisse pas ceux chez qui on est invité. »

Beaucoup de choses fonctionnaient sur le même principe, « bois sinon tu vas vexer », « mange sinon tu vas froisser », « ris sinon tu vas passer pour un pisse-froid », « va dans l'eau du lac sinon tu risques de rompre l'équilibre du groupe ». Et me voici, nu comme un blanc bec sur fond blanc, et marchant dans la neige sans moufter.

Sur ce lac immense, mes frères de sauna et moi entourions le trou dans la glace. Au loin les femmes sorties de l'eau marchaient vers les dortoirs en chuchotant de rire. Je me suis dit : « Bon, bah, quand faut y aller… »

Je descends par l'échelle froide et métallique, vers plus froid encore, essayant de contrôler ma respiration. Je descends dans l'eau glacée, doucement. Les pieds. Les mollets. Les cuisses. Je me dis qu'une fois passé les castagnettes qui n'en menaient pas large, il restera le passage délicat du bas-ventre, mais qu'après ce sera plus ou moins supportable.

Mon cul.

Une fois plongé jusqu'au cou, j'entends le chef dire d'une voix calme mais très définitive : « Plonge la tête, c'est la règle. »

Je l'aurais étranglé s'il n'avait pas été si costaud, le tueur d'ours.

Et j'ai plongé mon crâne… Oh putain, qu'elle est bonne, j'ai cru que j'allais crever !

Et puis, pour que la magie soit totale, tandis que je regardais les visages de mes amis penchés sur moi, souriant et heureux de me faire ce cadeau fraternel, j'entendis le chef me dire : « Il faut décliner nom, prénom, date et lieu de naissance, et dire en quoi cela est fort beau d'être dans l'eau du lac. » J'ai regardé Frédéric, et dans ses yeux j'ai lu : « Déconne pas, t'y es presque. »

Alors je me suis lancé : « Marcel je m'appelle, né à Longjumeau en 1962 et je suis heureux d'être là avec vous mes frères. » « Encore », me dit le chef. « Marcel je m'appelle, etc. » Puis il a abrégé : « C'est bon Marcel, tu peux sortir. Si tu veux te balader un peu sur le lac et boire une ou trois vodkas givrées, c'est bon, mon con. »

J'ai opté pour la balade à poil sur le lac, avec des rasades de vodka. Et, au fond, je me sentais bien. Je n'avais pas froid, j'étais bien, très bien.

33

Je lui ai dit : « Don, je vais la faire courte. Je sais pas si tout cela a un lien, mais c'est comme ça, ma mère que tu connais peut-être ou dont tu as entendu parler… bon, toujours est-il qu'elle t'aurait adoré. »

Le cheval n'a rien répondu et c'était très bien comme ça. Je suis monté sur son dos, c'était déjà le matin, les autres étaient en selle et nous allions prendre le chemin du retour. Nous avons entamé le galop sur la glace du lac gelé. Don galopait seul. Je n'avais aucune prise, il suivait ses congénères sans même me calculer. Cette ignorance de sa part à mon égard me fit froid dans le dos, j'avais mal partout.

J'ai tiré sur les rênes et l'ai sommé de s'arrêter.

Stop !

Nous avons pilé au milieu du lac, laissant partir devant nous les autres cavaliers dans un halo de neige, et nous sommes restés là, dans le silence brumeux de nos respirations. Bientôt nos camarades ne furent plus que des points sur l'horizon blanc.

J'ai frappé Don sur les flancs avec mes talons et, dans un cri, j'ai donné un coup de rênes. Don s'est mis à galoper avec moi. Cette fois nous étions synchrones, chaque mouvement de l'un était le prolongement du mouvement de l'autre. Nous glissions ensemble et nous étions deux. Le rêve était vivant, réel, naturel, instinctif, c'était l'union des différences, notre rencontre avant l'adieu. Le miroir de ce que nous sommes avant de se séparer sans jamais s'oublier.

34

De retour sur les bords de la Seine, j'ai voulu déménager tout de suite, m'installer de l'autre côté du fleuve, sur l'autre rive, pour une autre vie, la même mais de l'autre côté.

J'ai remis mon manuscrit à Cécile. Elle l'a lu vite, a pleuré, l'a relu pour être sûre, a de nouveau pleuré, puis elle m'a dit : « Salaud, tu m'as fait pleurer. » Puis je suis allé à la soirée de lancement du nouveau livre de Franck. Puis les déménageurs ont livré mes quelques meubles et les livres de ma mère, il y en avait partout, sur les étagères, sur le sol, en colonnes contre les murs. Les livres m'entouraient, je les entendais galoper sur eux-mêmes. Dans cette nouvelle boîte crânienne, j'ai écouté Brassens, « Le petit cheval dans le mauvais temps ».

Tandis que des déménageurs entraient et sortaient, allaient et venaient en posant les livres de Majuman partout où c'était encore possible, l'un d'entre eux m'a dit : « Je la pose là et je vous la branche. » Et la télévision s'est allumée sur la moustache de Jean Rochefort.

Jean Rochefort

Pourquoi on vit avec les chevaux, pourquoi je vis avec les chevaux, pourquoi ma femme et moi nous vivons avec des chevaux ? Je peux pas le dire exactement, c'est un contact, ce sont des émotions, des joies, des enthousiasmes et puis aussi des peines... Vous avez vu, tout à l'heure, et c'est pas la peine de le cacher, un poulain... Parce que là, dans ce pré, il y a deux poulains de dix-huit mois... Dont un qui est le fils de ma jument préférée, que j'ai depuis dix ans, et ce poulain est né ici... Je partais en Tunisie tourner un film avec Chabrol... Ma jument était pleine, on attendait d'un jour à l'autre qu'elle mette bas... Alors juste avant de partir, j'avais mes valises, je suis allé la voir, j'avais mon beau costume pour prendre l'avion, et je lui ai dit : « Écoute, tu ne te décides pas, ce serait bien de le faire maintenant, ton poulain, que je le voie, que je le connaisse. » Je partais pour plusieurs semaines. Elle a pas voulu tout de suite. Je suis parti en Tunisie et ma femme m'a téléphoné, il était minuit. Mais tout à coup, Marie, ma fille, a crié. Ma femme a raccroché pour appeler le vétérinaire... Le vétérinaire, bon, le téléphone, ça répondait pas tout de suite et ma fille, qui avait douze ans et demi, est arrivée dans la maison avec du sang un peu partout en disant : « Maman, c'est plus la peine d'appeler le vétérinaire… ça y est, j'ai vu les sabots sortir, j'ai tiré et puis voilà, il est là ! » Bon, très bien ! Ça, c'est la joie, c'est le plaisir, c'est le bonheur… Puis vous avez filmé à l'instant ce même poulain qui galopait avec un autre, son compagnon de jeu. Et puis il est tombé… Il est tombé pourquoi ? Parce qu'il est malade, il a la myélite, on a appris ça il y a deux semaines. Ce poulain est probablement condamné. On l'a élevé pendant dix-huit mois, on l'a vu grandir, grossir, devenir fort, être gai, s'amuser et puis, depuis deux-trois semaines, on sait que c'est fini… On garde un petit espoir, parce qu'il faut toujours garder un petit espoir, et puis je ne veux pas que ce soit trop triste, cette émission… C'est simplement pour qu'on sache que… La vie avec les animaux, c'est la vie avec la vie, mais c'est aussi la vie avec la mort, et ça, c'est souvent très très dur, et c'est ce que nous ressentons, ma femme et moi, aujourd'hui.

J'ai pris ça en pleine poire, mais, bizarrement, ce chagrin ressemblait tant à mon chagrin que je me suis senti accompagné, comme si quelqu'un sur cette rive nouvelle m'attendait quelque part. Quelque chose ou quelqu'un ? Quelque chose et quelqu'un ?

Je suis sorti de mon nouveau chez-moi et je me suis arrêté devant la librairie du boulevard. Parmi tous les livres exposés en vitrine, je n'en ai vu qu'un seul, c'était *Capricorne*. Je suis entré, j'ai acheté *Capricorne*, puis, revenu chez moi, je m'y suis plongé.

Ce livre m'a attiré parce que le Capricorne était le signe de Maman. De Majuman, pardon.

Alors j'ai lu et relu et j'y suis resté.

Une mère vous met au monde en vous donnant le jour, puis vous remet au monde le jour où elle meurt.

Au pas, au trot et au triple galop.

Achevé d'imprimer en décembre 2024
sur Roto-Page par l'Imprimerie Floch à Mayenne
pour le compte des Éditions Fayard
13, rue du Montparnasse 75006 Paris
info-fayard@edition-fayard.fr

Composition et mise en pages
Nord Compo à Villeneuve-d'Ascq

PAPIER CERTIFIÉ

Fayard s'engage pour l'environnement en réduisant l'empreinte carbone de ses livres. Celle de cet exemplaire est de :
350 g éq. CO_2
Rendez-vous sur
www.fayard-durable.fr

N° d'éditeur : 28.4496.1/01
N° d'imprimeur : 106088
Imprimé en France